Inhaltsverzeichnis

Inhaltsverzeichnis 1
Vorwort 3
Unterweisung auf Burg Lengenfeldt –
Rosa – die Lustbarkeit des Seins 5
   Prolog 5
   Kapitel eins 8
   Kapitel zwei 25
   Kapitel drei 46
   Kapitel vier 52
   Kapitel fünf 79
   Kapitel sechs 91
   Kapitel sieben 112
Abschluss 135
Impressum 136

Unterweisung auf Burg Lengenfeldt

Rosa – die Lustbarkeit des Seins

DiKay

Copyright © 2016 DiKay, Autorin

1. Auflage 2016

Die folgende Geschichte enthält Foltermethoden aus dem Mittelalter. Ich möchte mich ganz klar gegen Foltermethoden, wie sie im Mittelalter angewandt wurden, aussprechen und mitteilen, dass diese nicht zu tolerieren sind. Der Grausamkeit der Menschen scheinen kaum Grenzen gesetzt zu sein. Mit der vorliegenden Geschichte will ich keineswegs Foltermethoden verherrlichen.
Leser mit einer besonders niedrigen Ekelgrenze sollten nicht weiterlesen. Auch sollten Leser nicht weiterlesen, die Bücher mit sexuellen Handlungen – Geschlechtsverkehr, Analverkehr oder Oralverkehr etc. - nicht lesen möchten.

Vorwort

Zuerst einmal vielen herzlichen Dank dafür, dass du dir heute die Zeit für mein Mittelalter Buch nimmst. Mittelalter Bücher gibt es doch so einige am Markt. Hier geht es heute um Unterweisung und Schmerz. Ich hoffe, dass dir die Geschichte gefällt. Das Leben im Mittelalter hatte viele Facetten. Unsere Rosa wurde dazu auserkoren, dem Herzog als Sklavin Freude bei seinen sadistischen Spielen zu bereiten. Wie sie sich dabei schlägt, erwartet dich auf den nächsten Seiten.

Ich würde mich natürlich freuen, wenn du das Buch positiv bewertest. Die folgende Geschichte wurde lange recherchiert und bestmöglich wiedergegeben. Ich hoffe du bekommst Lust auf mehr. Es erwarten Dich eindeutige sexuelle Szenen die geprägt sind von Lust und Schmerz.

Wenn BDSM, SM, Sadismus, Masochismus, Sub und Dom keine Fremdwörter für dich sind, wirst du im Mittelalter Kontext heute eine Geschichte voller Unterwerfung und Dominanz zu lesen bekommen. Die Handlungen sind natürlich reine Fiktion. Aber lese nun selbst wie es unserer Protagonistin Rosa bei den SM-Spielen des Herzogs ergeht. Viel Spaß dabei!

Unterweisung auf Burg Lengenfeldt –

Rosa – die Lustbarkeit des Seins

Prolog

Friedlich lag die Hallig im Licht der untergehenden Sonne. Rosa betrachtete ihre kleine Warft, auf welche sie sich vor einigen Monaten gerettet hatte und auf der sie ihren Sohn Egbert geboren hatte. Egbert, Rosas Sohn war der Bastard des Herzogs zu Lengenfeldt, gezeugt bei einem brutalen Akt der Liebe.

Rosa, die in ihrem zweiundzwanzigsten Lebensjahr war, hatte nach dem Tod der Eltern die Hallig verlassen, und war nun wieder heimgekehrt. Egbert hatte sie kurz nach ihrer Heimkehr zur Welt gebracht – nie sprach sie über den Vater des Kindes.

Rosa verbrachte die meiste Zeit des Tages auf ihrer Warft, es gab viel daran zu tun. In all den Jahren in denen sie fort war, hatte ja niemand etwas daran gemacht, und so war es ein besserer Stall. Doch dieser bot fürs Erste ihr und dem Kind eine Unterkunft. Sie würde es schon schaffen, ein Heim daraus zu machen. Für sich und für Egbert – den sie immer noch nicht so recht lieben konnte, dachte sie doch oftmals zurück an die entsetzlichen Qualen, die sein Vater ihr zugefügt hatte.

Rosas Blick wanderte über das Marschland hinweg zu der Nordsee hinüber, welche die Hallig umfing. Tief atmete sie den Geruch der würzigen Seeluft ein und dachte bei sich: »Warum musste ich in meinem jungen Leben so viele Leiden ertragen. Habe ich so viel Schuld auf mich geladen, dass ich von einer höheren Instanz dazu verurteilt worden bin?

Sie schüttelte vehement den Kopf. Was sollte es.

Die Qualen waren vorbei, die Halligbewohner, die sich ihr Schandmaul darüber zerrissen, dass die kleine Rosa wieder da war – hätten all diese Schandmäuler die tiefen Narben der noch jungen Frau betrachten können, sie hätten sicherlich ein anderes Urteil über sie gefällt.

So galt Rosa auch hier als Hure, die einem Bastard das Leben geschenkt hatte. Zwei, drei Inselbewohner nur wussten über Rosas Schicksal Bescheid und diese gemahnten die anderen Bewohner der Hallig nicht zu viel Unrat über die junge Frau auszuschütten – und allmählich begannen die Halligbewohner Rosa als eine der Ihren zu akzeptieren.

Kapitel eins

Burg Lengenfeldt

im Jahre des Herrn 1510

Imposant thronte Burg Lengenfeldt auf einem Hügel, welcher umgeben war von saftigen Weiden und Wiesen, einem weit ausladenden Waldgebiet und einem kleinen Bachlauf, welcher ruhig dahinfloss.

Dies alles gehörte dem Herzog Tellmann von Lengenfeldt der diese, seine Welt, mit eiserner Hand regierte. Das Burgleben an sich war nicht die schlechteste Wahl, welche die Menschen treffen konnten, welche hier ihrer Arbeit nachgingen.

Eine Kapelle lud zum Gebet ein – der Herzog benutzte diese Kapelle selbst sehr oft zur inneren Einkehr. Doch der Eindruck täuschte. Burg Lengenfeldt hatte zwar alles, was eine

Burganlage ausmachte, doch Tellmann von Lengenfeldt war nicht der Mann, für den seine Leute ihn hielten.

Tellmann von Lengenfeldt war kein gütiger Mensch, man konnte ihn ruhigen Gewissens als Monster bezeichnen, der seine dunkelsten Leidenschaften mit jungen Geliebten auslebte. Sosehr, dass er diese, überstanden sie seine so genannten ›Prüfungen‹ nicht, einfach in seine recht imposanten Kerkerräume warf.

Die dunkle Seite des Herzogs wog schwer, er selbst litt darunter. Doch wenn ihn wieder die Sucht nach Schmerz packte, dann konnte man ihn schwerlich daran hindern. Er war der Burgherr, er hatte das Sagen.

Tellmann von Lengenfeldt kümmerte sich um seine Gefolgschaft die großenteils in der Kleinstadt Praun, welche sich unterhalb der Burg erstreckte, lebte. Die Bediensteten profitierten von dem Burgleben. Sie fanden, stellten sie sich nicht zu ungeschickt an, eine geregelte Arbeit, und der Herzog versprach ihnen oftmals eine Stellung auf Lebenszeit. Das Volk war ihm treu ergeben und liebte seinen Herzog.

Tellmann von Lengenfeldt war überdies ein reicher Mann. Seit Generationen befand sich die Burg in Familienbesitz. Er, Tellmann, jedoch würde der letzte von Lengenfeldt sein, es sei denn, er bemühte sich darum einen Nachfolger zu zeugen. Dies jedoch fiel dem Herzog schwer – er mochte keine Kinder, war dem weiblichen Geschlecht nur insofern zugetan, als dass er diese quälen und auspeitschen konnte – sie mussten ihm unabdingbar vertrauen. Was sollte er mit Kindern, die nur herum krakeelten – nein, das war nicht Tellmanns Welt. Wenn er sich entschloss einen Nachfolger zu zeugen, würde er diesen zur Erziehung der Kirche übergeben – wenn, diese Frage stand noch mit einem großen Fragezeichen auf Tellmanns Lebensliste. Der Herzog war derberen Weibern zugetan, die nicht gleich beim ersten Peitschenhieb zusammenbrachen, sondern Einiges einstecken konnten. Dann respektierte der Herzog sie, und sie genossen ein relativ ruhiges Leben. Hielten sie allerdings seinen Erwartungen nicht stand, dann kam es nicht selten vor, dass sie des Nachts tot von der Burg geschafft wurden – erlöst von den Qualen des Seins.

Tellmann, der sich in Gedanken immer noch mit seinem Nachfolger befasste, lachte mit einem Mal hellauf. »Sollte sich doch eine Magd darum kümmern, dieses Kind auszutragen, er würde einmal mit ihr schlafen, dann konnte sie seinen Bastard austragen und später würde man seinen Sohn (denn nichts anderes würde er dulden!) der

Kirche übergeben. Mehr gab es dazu nicht mehr zu sagen.

Es war alles nicht sein Problem – Tellmann genoss die Frivolität des Sadismus, diesen lebte er in großzügiger Weise aus.

Die Tage begannen früh auf Burg Lengenfeldt. Der Morgennebel waberte über die Felder und angrenzenden Wiesen. Der sich abzeichnende Herbst würde bald die Blätter zu Fall bringen und es begann die Zeit der Jagd – worauf sich der Herzog bereits freute.

Knechte und Mägde waren bereits auf den Beinen und sorgten dafür, dass die Hühnerställe gesäubert wurden, Hunde und Katzen ihr Futter bekamen und das wenige Nutzvieh, welches lediglich aus ein paar Kühen und Schafen bestand, gemolken und die Ställe ausgemistet wurden.

Der größte Teil des Nutzviehs, welches den Bewohnern der Burg Butter und Käse bescherte, war auf den unteren Weiden untergebracht – dorthin gingen die Mägde jeden Morgen zum Melken und zu späterer Zeit am Tag butterten sie und stellten Käse aus der guten Weidemilch her. In der Burganlage selbst gab es alles für den täglichen Bedarf, ein großer Garten sorgte für Gemüse und Obst und Gertrude, die Köchin, wachte mit Argusaugen über all ihre Knechte und Mägde. Dass sie das Brot zukaufen mussten, ärgerte sie am meisten, denn es gab durchaus genug Platz, um eine Bäckerei zu unterhalten, doch der Herzog wollte sich nicht damit befassen – also kaufte man dieses bei einem Bäcker in Praun und dieser schaffte es jeden Morgen frisch gebacken bis zum Burgtor.

Der Herzog regierte mit eiserner Hand, immer wieder mal kam er in den Hof um nach dem Rechten zu schauen, dann ließ er seine Blicke hin und her wandern, denn ab und an war darunter ein schönes junges Mädchen, welche er sich als seine persönliche Geliebte auserwählte, welcher er dann Zucht und Ordnung beibrachte.

Gertrude, die Köchin entleerte gerade einige der Nachttöpfe in die Rinnsteine, welches ihr den Unmut von Henrie zuzog, einem Ritter, der geradewegs ihren Weg kreuzte, als sie schwungvoll den Inhalt ausgoss.

»Kannst du nicht schauen, wohin du den Inhalt verschüttest! Hier stinkt es wie in einer Jauchegrube?«, raunzte dieser die Verursacherin des Malheurs an. »Bist doch sonst ganz patent, Gertrude! Wieder spät geworden letzte Nacht, wie? Hat dich dein Auserwählter mal wieder über Gebühr beansprucht?«

Gertrude grinste ihn verwegen an. Sie war von stämmiger Gestalt und hatte das Herz auf dem rechten Fleck. »Was geht es dich an, du Lustmolch … du bist doch immer nur auf der Durchreise – zu welchem Gemetzel wirst du denn heute gerufen?«

Henrie grinste: »Weißt du, Gertrude, der Morgen ist viel zu schön, als dass ich mich mit dir auf eine Diskussion einlasse. Sieh lieber zu, dass du mit deiner Arbeit fertig wirst, und dann spül die Rinnsteine ordentlich mit Wasser nach, hast du gehört?«

»Das kann Rosa machen, sie kommt gleich wieder, ist bei den Schafen und melkt diese – genau die richtige Arbeit für das Mädel, danach muss sie noch den Burghof fegen und zwei Hühner warten auf noch darauf, einen Kopf kürzer gemacht zu werden.«

Ritter Henrie verzog grimmig sein Gesicht. »Du überlässt in letzter Zeit sehr viel der kleinen Rosa, Gertrude! Sie ist noch so jung, gerade mal achtzehn Jahre alt ist sie vorgestern geworden, sie ist doch ein bildhübsches Mädel.«

»Ja, und was hat das jetzt mit der Arbeit auf der Burg zu tun?« Gertrude fuchtelte mittlerweile mit den Händen herum – ein Indiz dafür, dass sie langsam unruhig wurde.

Henrie, der von der kleinen Rosa mehr als angetan war, meinte nur: »Pass auf die Kleine auf. Wenn sie in die Fänge des Herzogs gerät, wird sie selbst wie ein Stück Vieh gehalten, und das wollen wir doch nicht, nicht wahr?«

»Gott steh ihr bei, dass ihr das erspart bleibt«, meinte Gertrude, und deutete auf ihren Rücken. »Fünf Peitschenhiebe habe ich damals dafür einstecken müssen, nur, weil ich zehn Minuten zu spät des Herzogs Abendessen aufgetragen habe.«

»Aber unter uns, Ritter Henrie.« Gertrude schnaufte mächtig durch, »die Kleine ist wie gemacht für die groben Arbeiten auf der Burg. Sie beschwert sich nie – erledigt alles zu meiner Zufriedenheit, der Hausknecht ist ebenfalls sehr angetan von ihrer Arbeit, und das will schon etwas heißen. Keiner erledigt so schnell und ordentlich die Arbeiten die an sie herangetragen werden, wie unsere Rosa. Selbst den Austritt des Herzogs säubert sie ohne zu Murren.«

»Trotzdem, hüte deine Zunge, Weib«, meinte Henrie energisch, »Ich muss dir ja nicht erzählen, meine liebe Gertrude, welch heimlichen Gelüste den Herzog ›quälen‹, nicht wahr? Wird er Rosa gewahr … es ist doch ein offenes Geheimnis was sich in den Verliesen dieser Burg abspielt.«

Gertrude lief ein Schauer des Schreckens über den Rücken und sie schaute Henrie mit großen Augen an.

»Ja, ich habe davon gehört und ich hätte damals fast mit ihnen Bekanntschaft als, als ich mir einen Patzer erlaubt habe – aber ich bin noch mal davon gekommen«, seufzte sie erleichtert. »Doch einigen meiner Mägde hat der alte Lüstling wohl ganz schön beigesetzt, entweder man bekam die jungen Dinger gar nicht mehr zu Gesicht oder sie waren, wenn sie wieder irgendwo auftauchten völlig zerschunden und ohne freien Willen.

»Nur, so viel ich auch horche, Schreie höre ich keine«, meinte Gertrude noch, und wischte sich die Hände an ihrer rustikalen Schürze ab. »Nun ja«, meinte Ritter Henrie, begann das Pferd, welches er mit sich führte, zu satteln. »Der Herzog wird sich wohl abgesichert haben, wenn er seinen dunklen Neigungen nachgeht – ach, übrigens, heute wird eine große Fuhre flandrisches Tuch angeliefert. Sieh nur zu, dass das gleich unter das Scheunendach gelangt. Es ist Regen angesagt – und ich mag nicht daran denken, was passiert, wenn das teure Tuch einen Tropfen davon abbekommt.

»Und ich muss das dann womöglich noch dem Herzog erklären, währenddessen die Fuhrknechte längst beim Schankwirt unten im Dorf sitzen und es sich gut gehen lassen«, meinte Gertrude. »Mal sehen wo ich einen der Hausknechte erwische. Er soll mal eine Plane besorgen, damit wir schon einmal alles parat legen.«

»Gertrude, du bist doch die Beste. Doch nun spute dich und geh in deine Küche. Es geht auf sieben Uhr zu, der Herzog wird sicherlich bald sein Morgenmahl verlangen.

Gertrude tätschelte das Pferd, auf welches der Ritter sich nun schwang und erwiderte: »Henrie, wenn wir dich nicht hätten, es wäre nicht gut um uns Bedienstete bestellt. Zwar hast auch du deinen Stolz, doch wenigstens hältst du schützend die Hand über uns Frauen. Gott segne dich dafür.«

Henrie war diese Äußerung Gertrudes peinlich, doch er überspielte diese gekonnt: »Nun, ich wäre sehr gern öfter hier, doch auch dieses Mal komme ich erst in drei Wochen zurück. Sieh, das Tor wird bereits geöffnet. Hab dich wohl, Gertrude, und denke daran, was ich dir eben gesagt habe, dann wird dir auch nichts geschehen.«

Gertrude nickte und sputete sich, in ihre Küche zu kommen. Hier führte sie das Regiment, auch wenn bereits etliche Mägde damit begonnen hatten, Kartoffeln zu schälen, Gemüse zu schnippeln und Fleisch klein zu schneiden.

Hieraus sollte zum Mittagsmahl ein deftiger Eintopf entstehen.

Für das Frühstück des Herzogs war allein sie verantwortlich, dies war die ganzen Jahre über so gewesen, und es bestand auch kein Anlass, dies zu ändern. Bis auf zwei Verfehlungen war Gertrude immer pünktlich zur Stelle gewesen, war in der langen Zeit, in der sie nun schon dem Herzog diente, weder krank noch unpässlich gewesen. Der Herzog hatte also keinen Grund dazu, sich über seine Köchin zu beklagen.

Dieser saß gerade im Zuber und wusch sich seinen Körper und das Gemächte, als seine private Bedienstete ihn fragte wo der Herr gedenke sein Frühstück einzunehmen.
»Dummes Ding!«, fauchte sie der Herzog prompt an. »Ja, glaubst du denn, ich frühstücke im Wasser. Reiche mir meinen Hausmantel, ich

frühstücke immer in meinen Gemächern ... also, los, los.« Völlig unbekleidet entstieg der Herzog dem Waschzuber und fuhr lässig über sein Glied, das angesichts des dummen Weibes schon wieder Sehnsucht nach einer weiblichen Öffnung verspürte.

Die Minna schaute betreten nach unten, als Tellmann von Lengenfeldt in seiner ganzen Pracht vor ihr stand und sie spöttisch anlächelte.

»Ja, nun spute dich, Marie, bringe mir den Hausmantel, damit ich hier nicht erfriere, los, los.«

Der Herzog hatte bereits wieder ganz andere Dinge im Sinn, als er Marie sich umdrehen sah. Sie hatte einen wundervollen Hintern, und dieser müsste langsam einmal mit des Herzogs Samen gefüllt werden. Doch sein Magen knurrte vehement, und er wartete geduldig darauf, dass die Kleine ihm endlich seinen Hausmantel umlegte. Eine Spur zu lang hielt er ihre Hand, doch das war auch schon alles. »Du wirst heute noch zu mir kommen«, raunte er ihr zu. Marie errötete leicht.

Tellmann hatte ein Auge für willfährige junge Mädchen, und dieses dumme Gör hier war wie gemacht für seine Lustbarkeiten. Susa, die gerade aus der Burg herausgebracht wurde, hatte den Behandlungen des Herzogs leider nicht standgehalten und hatte sich selbst umgebracht.

»Nun ja«, resümierte der Herzog. Nicht jeder war dafür ausersehen, seine Erziehungsmethoden zu überstehen. Er verlangte schon etwas von seinen Weibern, und das war nicht wenig.

»Sei's drum«, dachte sich der Herzog, irgendeine Schönheit würde schon auf ihn warten. Bei Gott, wenn diese die Peitsche zu spüren bekam! Marie, die heute zum Herzog bestellt wurde, traf das Pech mit voller Wucht. Der Herzog reagierte seine Wut an ihr darüber ab, dass Susa so schnell zusammengebrochen war. Dasselbe passierte allerdings auch Marie, sie sackte unter seinen derben Peitschenschlägen zusammen und winselte um Gnade. Die konnte sie natürlich gern haben und wurde, begleitet von lautem Geschrei in die Verliese abgeschoben.

Armes Ding!

Kapitel zwei

Rosa, die immer noch unten bei den Schafen weilte, wurde von Ritter Henrie, der geradewegs auf die Weide zuritt, aus ihrem Dämmerschlaf gerissen.

»Guten Morgen, Rosa!«, sagte dieser zu ihr, »du hältst hier Maulaffen feil, währenddessen oben auf der Burg jede Menge Arbeit auf dich wartet. Spute dich, du wirst dort genauso gebraucht. Nimm deine Milchkannen und sieh zu, dass du nach oben kommst. Gertrude wartet auf dich … sonst setzt es Hiebe!«

Rosa lächelte Henrie unschuldig an. Auch sie mochte den Ritter sehr.

»Ja, ich weiß, ich muss noch die Rinnsteine säubern wie jeden Morgen, der Austritt des Herzogs ist auch meine Aufgabe, und ich muss noch den Hof fegen – keiner macht diese Arbeit gern, alle drücken sich davor, doch mir macht das nichts aus. Es ist doch jeden Morgen dasselbe. Was soll's.«

»Na, dann sieh zu «, meinte Henrie gutmeinend, denn du sollst auch noch zwei Hühner einen Kopf kürzer machen, damit heute Mittag etwas Vernünftiges in den Topf kommt.« Er lächelte, als Rosa ihre Röcke etwas anhob, damit sie schneller vorwärts kam.

Rosa, die von schlichtem Gemüt war, konnte zupacken wie ein Stallknecht – dabei war sie immer gut gelaunt, lachte viel und als sie jetzt von ihren Schafen Abschied nahm meinte sie: »Bis morgen früh ihr lieben. Das schönste am Morgen ist immer, auf eurer Weide zu sein.«
»Habt keine Sorge, Ritter Henrie, ich habe Spaß an meiner Arbeit, es geht alles seinen Gang«, rief sie ihm noch nach, denn er war mittlerweile ein wenig vorgeritten.

Henry grinste und freute sich darüber, wie viel Freude Rosa an ihrer schlichten Arbeit hatte. Nicht jede Magd hätte dieses ohne Murren verrichtet. Anders Rosa, sie fragte nicht lange, sondern packte zu, wo Hilfe gebraucht wurde. Er würde ein Auge auf das Mädchen haben, dass ihm kein Leid zugefügt würde. Sein Beschützer Instinkt war bei Rosa besonders ausgeprägt, denn irgendetwas ging von diesem Mädchen aus, hoffentlich würde nie der Herzog auf das Mädchen aufmerksam.

Rosa indes begab sich auf direktem Weg über die Wiesen hin zu Gertrude, welche sie in der Küche fand, nachdem sie sie auf dem Hof nicht mehr angetroffen hatte. Sie hatte bereits das Unheil gesehen und gerochen, welches es galt, nun als Erstes zu säubern.

Rosa stellte rasch die Milchkannen in der Küche ab, und als sie Gertrudes mürrisches Gesicht sah, machte sie sich schnell auf und eilte in den Hof, um die Rinnsteine zu säubern.

»Mädchen, sei nur froh, dass ich dich mag, du hättest längst die Reitgerte zu spüren bekommen«, grunzte Gertrude, doch sie verzog das Gesicht zu einem leichten Lächeln. »Das nächste Mal wenn du wieder so trödelst, sage ich dem Knecht Bescheid, er möge dir mit dem Rohrstock zehn Hiebe versetzen. Dann weißt du, was es heißt, zu spät zu kommen«, rief sie ihr nach.

Rosa winkte Gertrude über den Rücken zu und Gertrude lachte. »So ein liebes Mädchen. Nie wieder würde Gertrude so eine gutmütige Magd bekommen, die ihr jede noch so niedere Arbeit abnahm. Sie war perfekt, und Gertrude mochte das junge Ding sehr.

Rosa indes haderte mit sich. Sie hatte vergessen, Gertrude mitzuteilen, dass ein Schaf bald lammte, somit musste es von der Herde ausgesondert werden. Nun gut, es war sicherlich auch noch zu Mittag früh genug, es ihr zu berichten, denn Gertrude gab nicht viel auf Rosas Schafe, für sie war so ein kleines Lämmchen eher eine nahrhafte Speise.

Rosa seufzte tief auf und machte sich daran mit einer derben Bürste die Rinnsteine zu säubern und schrubbte so lange, bis sie wieder tadellos rochen und nicht mehr nach Urin stanken.

Herzog von Lengenfeldt stand oben an dem Fenster zum Hof, aus welchem er manchmal das Geschehen im Burghof beobachtete. Alle Bediensteten schienen weisungsgemäß ihre Arbeiten zu verrichten und er fasste sich in den Schritt, welcher ihm seit Tagen Probleme bereitete. Es juckte und zwickte – wahrscheinlich brauchte er wieder einmal einen schönen fetten Frauenarsch.

Gertrude wurde allmählich zu alt dafür. Ja auch sie war schon einmal in die Fänge des Herzogs geraten, doch das war nun schon lange her, und diese dumme Göre Sophie, die er in seinem Verlies gerade zur Erziehung hatte, war dumm wie Stroh.

Tellmann gelüstete nach einem Mädchen, was zwar willfährig war, jedoch so viel Hirn im Kopf hatte, dass sie begriff, wer von nun an das sagen über sie hatte. Außerdem musste sie reichlich Schläge einstecken können. War Tellmann von Lengenfeldt in seinem Element, fürchtete er weder Tod noch Teufel und schlug auf die armen Geschöpfe ein, ohne Mitleid oder Verdruss. Er quälte sie, bis sie nicht mehr konnten – entweder sie überlebten die Torturen oder eben nicht.

Dies war Tellmann von Lengenfeldts grausiges, zweites Gesicht! Er, der früher einmal ›Der dunkle Herzog‹ genannt worden war, lachte hellauf und suchte den Hof mit seinen geschulten Augen ab.

Seit geraumer Zeit betrachtete er Rosa, wie sich im Hof abschuftete, schrubbte und sich immer wieder bückte um Wasser aus dem Eimer nachzuschütten. Was er zu sehen bekam, entzückte ihn.

»Das wäre ein Weib, nach meinem Sinn«, sagte er zu sich selbst, und prompt wurde sein Glied so hart, dass er mit Vorfreude daran dachte, diese Schönheit zu brechen.

Da er sowieso in den Hof hinunter musste um die Tuchwaren zu begutachten, die inzwischen angeliefert worden waren, war es eine gute Gelegenheit, Rosa intensiver in Augenschein zu nehmen.

Die Fuhrknechte mussten es sich hernach gefallen lassen, die letzte Tasche umzukrempeln, damit ja kein Stück Stoff wieder die Burg verließ. Und als alle Fuhrknechte die Kontrollen überstanden hatten bekamen sie ihren Lohn und wurden nach Praun hinuntergeschickt. Durch Gertrudes Weitsichtigkeit hatten die Stoffe keinen einzigen Tropfen Regen abbekommen und lagerten unbeschadet in des Herzogs Scheune. Denn mittlerweile goss es in Strömen.

Tellmann von Lengenfeldt richtete es sich so ein, dass er Rosa immer mal über den Weg lief, sich kurz mit ihr unterhielt, und er war der Ansicht, dass es genau die Richtige traf. Sie war drall, sie war nicht gerade zimperlich – gerade sah er zu, wie sie zwei seiner Hühner den Garaus machte. Sein Gesicht verzog sich dabei zu einer Grimasse und er grinste diabolisch.

Ja, er würde Rosa zur Unterweisung auswählen – keine Frage, das Mädchen hatte etwas, was ihn erregte. War es ein guter Tag für das Mädchen, so würde er es bei einigen Peitschenhieben, sozusagen zur Eingewöhnung belassen, hatte er Wut im Bauch, dann musste Rosa sich auf andere Annäherungen einstellen.

Doch die Kleine hatte Glück. Es sollte ein guter Tag für Rosa werden, denn nicht nur die Stoffe befanden sich in einem tadellosen Zustand, auch die anderen Waren, welche heute angeliefert wurden – waren allesamt von guter Qualität und kein einziger Diebstahl wurde verzeichnet. Die Knechte und Mägde hatten es längst aufgegeben, vielleicht ein Stück Brot mitzunehmen, denn jede noch so kleine Ritze der Bediensteten wurde untersucht, gingen sie abends runter nach Praun zu ihren Familien.

Unterdessen stattete Tellmann Gertrude einen Besuch ab. Diese war bass erstaunt darüber, obwohl auch sie jahrelang des Herzogs Wahn erlegen war, und seine dunkle Seite mit ihm ausgelebt hatte – nicht ganz freiwillig verstand sich. Doch sie war genau zäh gewesen, wie er sich dies nun von Rosa erhoffte, denn Gertrude war die Einzige gewesen die selbst die Bullenpeitsche überstanden hatte. Dies hatte sogar dem Herzog Respekt abgenötigt.

Sie wies gerade zwei ihrer Dienstmägde an, die Bettstätten neu mit Heu zu befüllen, gab einige Näharbeiten in Auftrag, und ordnete an, für das Abendbrot schon mal den Schinken zu schneiden.

Als sie dieses erledigt hatte, knickste sie vor dem Herzog, in ihren Augen stand blankes Entsetzen.

»Gott zum Gruße, Gertrude.« Tellmann setzte sich auf einen Holzstuhl und betrachtete seine jahrelange Sklavin. Gertrude hatte immer noch das gewisse Etwas, ihre Brüste waren praller und fester als von manch einem jungen Ding, welches er unterwies, Gertrudes ausladender Hintern hatte ihm immer viel Freude bereitet. Da war es doch noch eine Wonne gewesen, in diesen einzudringen, als immer wieder erst die Birne anzuwenden, um die jungen Dinger zu weiten.

Doch Gertrude hatte ihre ›jagdfreie Zeit‹ mehr als verdient, in der Küche war sie unersetzlich, und ihm war sie, trotz seiner immer noch währenden Zuneigung zu ihr, zu alt geworden.

»Sag mal«, begann er das Gespräch, »wer ist denn dieses bezaubernde Geschöpf da unten auf dem Burghof, welches die Rinnsteine säubert? Ich kenne sie nicht, sollte mir so eine Schönheit entgangen sein?«

Gertrude wägte den Kopf hin und her: »Sowohl als auch, Herr. Sie ist noch nicht allzu lange auf der Burg, daher ist sie sicherlich euren Augen entgangen. Sie ist jedoch reinen Gemüts und bescheidet sich auch mit niederen Arbeiten, die sie ohne Murren verrichtet. »Ich habe keine Beanstandungen gegenüber der Kleinen.«

Gertrude dachte bei sich, je mehr sie Rosa dem Herzog schmackhaft machte, und je mehr sie Rosas Willfährigkeit hervorhob, würde ihr dies vielleicht einmal helfen, wenn sie erst einmal auf des Herzogs Burg gefangen gehalten würde. Gertrude hegte nun keinen Zweifel mehr daran, dass Rosa die nächste Auserwählte des Herzogs werden würde.

Er nickte. »Was denkst du, Gertrude, soll ich sie in die Erziehung nehmen? Wie du sie mir geschildert hast, ist sie doch selbst nicht viel besser als ein Stück Vieh, nicht wahr!«

»Herr, die Antwort habt ihr euch doch schon selbst gegeben «, meinte Gertrude, und in ihrer

Stimme lag Kummer und Leid. »Ihr habt doch schon geurteilt, und ihr werdet eine Sklavin bekommen die weiß, was Gehorsam und Unterwerfung ist – führe sie langsam heran, und sie wird niemals wieder von dir fortgehen.«

»Dein Wort in Gottes Ohr!«, sagte Tellmann, der Gertrudes Ratschläge immer noch gerne vernahm. »Sonst werde ich dich auspeitschen – früher hast du das mal sehr gern gehabt, oder ich werde dich mit der Feder solange reizen, bis du doch an zu lachen fängst. Na, meine Schöne, was hältst du davon?«

Gertrude lachte, sie wusste, wie sie den Herzog zu nehmen hatte: »Mein Herr, du hast doch längst festeres Fleisch gekostet, was willst du denn mit mir altem Weibe?«

Der Herzog lachte schallend und schlug ihr auf ihren prallen Hintern. »Wir hatten doch eine schöne Zeit Gertrude, nicht wahr?«

»Bastard!«, dachte sie bei sich, »erschlagen hätte ich dich sollen, als ich noch die Kraft dazu hatte.«

»Nun, deine Empfehlung reicht mir. Bringe die Kleine zu mir und dann werden wir sehen, nicht wahr?«

»Bitte, Herr, versuche Sie nicht zu brechen!«, sagte sie, und biss sich auf die Zunge. »Was erlaubte sie sich gegenüber ihrem ehemaligen Herrn und Meister.«

»Wer behauptet denn, dass ich sie brechen will?« Tellmann entglitten für einen kurzen Moment in der Tat seine Gesichtszüge.

»Mit Verlaub, ihr habt es doch bis jetzt mit all euren Gespielinnen so gehalten«, meinte Gertrude. »Und das Glück war euch in den meisten Fällen hold, jede Sklavin hat euch zum Schluss den Arsch geküsst, weil sie alle Angst hatten, die Rute, oder schlimmer noch die Tawse zu spüren zu bekommen.«

Tellmann lächelte maliziös.

»Nun, ich habe nicht unbedingt das Gefühl, dass diese ... Rosa ... nicht ordentlich was einstecken könnte. Deine Empfehlung Gertrude, werde ich einer sehr eingehenden Beurteilung unterziehen, also ... wie ich bereits sagte, lasse sie zu mir bringen, ich möchte sie heute Abend in meinem Bett sehen.

Gertrude erbleichte, sagte aber nichts. »Sehr wohl, Sire.«

Rosa war wahrlich eine Schönheit. Gertrude betrachtete sie mit anderen Augen, als diese wieder in die Küche trat und ihr mitteilte, dass sie heute Abend dem Herzog zugeführt werden sollte, wussten beide nicht so recht, was sie jetzt anstellen sollten.

Doch Gertrude war patent und setzte Rosa erst einmal in die Zinkwanne, schrubbte sie solange, bis ihre Haut rot wurde und das unschuldige Geschöpf Tränen in die Augen schossen. Sie unterzog sie einer gründlichen Untersuchung, durchsuchte ihr wunderbar weiches Schamhaar nach Läusen und Flöhen – sie würde keine finden. Das goldblonde Haar, welches Gertrude sorgfältig gewaschen und dann zu einem dicken Zopf geflochten hatte, schimmerte im Schein der hoch stehenden Sonne.

Rosa, die ein schlichtes Kleid übergestreift bekam, wies eine schöne Figur auf, und ihre Brüste hatten gerade so viel Volumen wie zwei knackige Herbstäpfel. Gertrude schluckte schwer, es tat ihr weh, Rosa gehen zu lassen. Doch hatte sie eine andere Wahl?

Sie hatte für Rosa das getan, was getan werden musste, damit das Mädchen einen guten Start bekam. Sie hatte ihr die Finger- und Zehennägel sehr kurz geschnitten, damit der Herzog sie ihr nicht herausriss. Gertrude schaute Rosa an, gab ihr dann einen wohlmeinenden Klaps auf den Hintern und sah ihr betrübt nach.

Keine Frage, das Mädchen würde heute Nacht ihre Unschuld verlieren. Der Herzog hatte die Entjungferung Rosas bereits angekündigt, als er sich in ihrer Küche befand und Gertrude gab Rosa einen letzten Rat: »Was immer nun geschieht, Rosa ... denk immer daran, man hat dich auserwählt. Hörst du! Vergiss das bitte nie – es wird dir helfen.«

Rosas Augen glänzten, sie nickte und fühlte sich mit einem Mal sehr begehrenswert. Wie sollte das arme Ding auch ahnen, dass der Herzog aus Vorfreude auf das Kommende Louisa aus ihrem Verlies geholt und ihr die Neunschwänzige spüren ließ. Louisa, die mitnichten die Stärkste war, wimmerte bereits nach zwei harten Schlägen. Sie schrie entsetzt auf, doch als er ihr auch noch einen Brennnesselstrauch in die frischen Wunden presste, war sie einer Ohnmacht nahe.

Der Herzog war unzufrieden mit ihr, Unzufriedenheit konnte er im Augenblick indes nicht gebrauchen. »Werft sie in die Katakomben – im Augenblick ist sie Freiwild.« Das ließ sich der Kerkermeister nicht zweimal sagen und wartete ab bis der Herzog den Kerker verlassen hatte. Sobald er sich sicher sein konnte allein mit seinem Opfer zu sein, nahm er das arme Ding – sie war immer noch bewusstlos – und zog sie bäuchlings, über das Holzgerüst, auf den spanischen Bock, um sich ihrem Arsch zu widmen. Der Kerkermeister hatte bereits Routine darin, schnell seinen Schwanz auszupacken, denn des Öfteren nutzte er die Gelegenheit, sich an den bewusstlosen Gespielinnen des Herzogs zu vergehen. Er presste sein langes hartes Glied an ihren Hintern. Ja, sein Stab war bereits dazu Bereit sich in ihrem Arsch zu vergnügen. Sein Vorspiel – wie er es für sich nannte – bestand daraus seinen Daumen in ihre Spalte zu tauchen und ihr das Arschloch mit dem warmen Spaltensaft einzureiben. Dann zog er nicht zimperlich ihre Pobacken auseinander und spuckte ordentlich direkt auf ihr Arschloch. Dann rieb er seinen Stab zwischen ihren gespreizten Pobacken und glitt gekonnt in sie hinein. Da der Kerkermeister schon seit einer gefühlten Ewigkeit keine Gespielin des Herzogs abbekam, war dieses Prozedere auch mit 10 – 15 harten Stößen schnell vorüber und er ergoss sich über ihren Rücken, direkt in die Wunden, welche ihr der Herzog zuvor zugefügt hatte. Genüsslich verteilte der Kerkermeister sein Sperma in die offenen Strieme auf ihrem Rücken, wohlwissend, dass sich sowieso niemand mehr um sie scheren würde.

Rosa indes freute sich, als sie am frühen Abend in die Gemächer des Herzogs geführt wurde. Er lag bereits auf dem Bett und sein Schwanz war steil emporgerichtet. Zwar schaute Rosa etwas irritiert drein, doch sie sagte sich: »Na, wenigstens brauche ich keine Schmutzarbeit mehr zu verrichten. Mein Rücken tat mir sowieso bereits arg weh.«

Wenn sie sich mal da nicht irrte.

Tellmann gelüstete es bereits danach, genau diesen Rücken mit der Peitsche zu malträtieren, ihre Arschbacken einer deftigen Tawse-Behandlung zu unterziehen – oh ja, sie würde willfährig sein, dass hatte er sozusagen im Urin.

Rosa kam ohne viel Vorgeplänkel zu ihm ins Bett, so wie er es sich ersehnt hatte und kuschelte sich in seine weit ausgebreiteten Arme. Weich und anschmiegsam fühlte sich das an, und der Herzog bekam andere Anwandlungen als unbedingt die Peitsche zu nehmen, deshalb würde er sie nicht allzu lange in den Armen wiegen. Doch ein bisschen Liebe vor den Hieben konnte auch nicht schaden.

»Gut so!«, sagte er sich. »Vorfreude ist doch immer noch die beste Freude.« Er grinste diabolisch.

Kapitel drei

Louisa, die in Ungnade gefallen war, hing wie Gott sie geschaffen hatte, nur mit einem Stahlring um den Hals und einer Eisenkette um die Hände angebunden an einem straff gespannten Seil. Die Wunden, welche der Herzog ihr zugefügt hatte, waren gerade verheilt und schon war er wieder bei ihr und bearbeitete ihren Hintern, indem er eine Birne rektal einführte, und diese immer weiter auseinanderschraubte – er wollte ausprobieren, wie weit Louisa diese Folter überstand. Vielleicht riss er ja dabei auch den Hintern auseinander – es kam auf seine Laune an. »Was bin ich doch heute wieder lästerlich«, meinte er zu Louisa, die still vor sich weinte und an ihren Ketten zog.

»Halt's Maul und hör auf zu heulen«, meinte der Herzog voller Ekelgefühle, »nichts war ihm mehr verhasst, als wenn seine ›Opfer‹ auch noch anfingen zu weinen, so schlimm wird es in den Katakomben schon nicht gewesen sein.«

Herzog Tellmann von Lengenfeldt verfügte über verschiedene Verliese, die im Bauch der Burg mit diversen Folterinstrumenten ausgestattet waren.
Folter, Schmerz, Unterwerfung, all das war die Welt des Tellmann von Lengenfeldt – und er fragte sich immer wieder, wer ihn zu diesem Tier gemacht hatte, welches er heute war. Er weidete sich an den Schmerzen seiner Sklavinnen, empfand Lust dabei, ihr Blut zu riechen und die Augen glänzten, je mehr Schmerz seine gefügigen Geliebten zu ertragen hatten.
Genug Foltermaterialien waren vorhanden, wovon oftmals die Peitsche noch das harmloseste Instrument zur Abrichtung darstellte. Die

verschiedenartigen Räder, die Birne, welche auseinander gezogen werden konnte, eine Krone, welche in der Tat Dornen aus Stahl hatte – all diese ›Spielereien‹ beherbergte der Herzog in diesen Verliesen.

Oftmals graute es sogar dem Folterknecht davor, sich in diesen Räumen aufzuhalten, doch nie würde er gegen seinen Herrn aufbegehren. Denn auch er hatte davor die Schmerzen ertragen zu müssen, die dann auf ihn zukommen würden.

Marie, auch sie eine Schönheit, wurde von dem Herzog derzeitig ebenfalls zugeritten, wie er oftmals zu sagen pflegte. Sie, ein unscheinbares Geschöpf von rundlicher Gestalt wurde gerade auf den spanischen Bock platziert, und Marie schrie um ihr Leben.

»Sei still, du nichtsnutzige Hure!«, schrie Tellmann sie an. »Ich bin dein Herr und du wirst auf diesem Bock sitzen bleiben, bis die Wassereimer, die ich jetzt an deinen Füßen befestigen werde, ausgedünstet sind. Hast du das verstanden?«

Marie schrie erneut auf: »Verdammter Bastard!«, meinte der Herzog verstanden zu haben und sagte in sehr ruhigem Ton: »Mädchen, pass auf, was du sagst, noch genießt du mein Wohlwollen, doch das kann sich sehr schnell ändern. Ich kann auch die großen Wassereimer dranhängen, es wird dich zerreißen – ich schwöre es dir.«

Und da saß sie, ihre aufrechte Haltung war den schweren Gewichten geschuldet, die sie automatisch dazu zwangen, eine sehr gerade Haltung einzunehmen, die Tränen liefen ihr in Bächen über die Wangen, doch sie sagte nichts mehr.

»Ah!« Der Herzog weidete sich einmal mehr an den Leiden der jungen Schönen. Wie Marie dasaß, wie sie sich selbst quälte. Sie wäre geradezu perfekt, würde sie nicht so furchtbar aufmüpfig sein.

Man wusste nie was man bekam – also würde der Herzog sie noch ein wenig unterweisen. Vielleicht solange, bis das Rosa diesen Bock besetzen würde.

Dem Kerkermeister, der selbst gern einmal Hand an das Mädchen angelegt hätte, sagte der Herzog: »Eine halbe Stunde, nicht länger, hast du verstanden. Danach schmeißt ihr sie in den Käfig – dort kann sie wenigstens nichts anrichten. Kettet sie an, und zwei Tage nur Wasser – kein Brot, verstanden!«

Der Kerkermeister nickte. Er mochte Marie nicht, sie war ihm ekelhaft, denn sie hatte ihm vor einiger Zeit ein halbes Ohr abgebissen, dafür hatte sie büßen müssen. Er hatte heißes Wasser über ihre Brüste gegossen und sich an ihren Schreien geweidet. »Sei doch vernünftig Mädchen, und mach nicht alles noch schlimmer, du kommst hier sowieso nicht mehr lebend raus!«, hatte er ihr zu verstehen gegeben.

Und Marie hatte geschrien. Selbst der Kerkermeister hatte noch nie einen Menschen so schreien hören.

Kapitel vier

Das alles war nun schon eine Weile her und der Herzog beschäftigte sich mit seiner neuen Eroberung in dem Bett, welches mit einem weißen Laken ausgelegt war. Natürlich diente es dazu, zu beweisen, dass Tellmann dieses Wesen entjungfert hatte – zu nichts anderem war es Nutze.

Seine Gespielin war ein Naturtalent. Rosa folgte ihn in allem, was der Herzog von ihr verlangte, sie bückte sich, um ihn in ihren Anus schauen zu lassen.

»Muss geweitet werden«, sagte er, wie zu sich selbst. Rosa verstand nicht, wie sollte sie auch. Sie wollte doch dem Herzog nur Lust verschaffen und dieser dankte es ihr, indem er sein grausiges Lächeln erschallen ließ und etwas von Unterwürfigkeit, Hündin und freiem Willen faselte.

Der Herzog bat darum, ihm ein Tuch zu holen, er schwitzte mittlerweile stark, und Rosa knickste demütig, als sie das Bett verließ und ihm das gewünschte holte. Rosa, die natürlich nicht verstand, warum der Herzog ein so höhnisches Lachen an den Tag gelegt hatte, blieb ruhig stehen, die Augen waren nach unten gerichtet – sie wartete auf weitere Anweisungen. Tellmann entzückte diese Unterwürfigkeit über alle Maßen. »Warte nur, bis ich mit dir fertig bin«, sagte er bei sich, »du wirst so kriecherisch sein wie eine Hündin. Freiwillig wirst du um die Peitsche betteln, ich werde dich in Ketten legen, damit du mir nicht entfleuchen kannst. Ich werde deine Schweißperlen, die sich auf deiner Stirn bilden, trinken, sosehr vergöttere ich dich schon jetzt. Zu gerne hätte er sich von seiner Hose befreit, die aus feinstem Rehleder gefertigt wurde, doch das sollte Rosa erledigen, vielleicht würde sie sich sogleich seinem Schwanz widmen, das wäre eine Wollust. Der Herzog drückte Rosas Kopf in Richtung seines Schwanzes und befahl ihr die Hose zu öffnen. Auf seine unmissverständliche Art nahm er Rosas Haare und drückte ihren Kopf auf seinen Stab. Rosa öffnete instinktiv ihren Mund und leckte des Herzogs Stab wie eine kandierte Frucht. Nur war der Geschmack leider nicht so gut, wie sich Rosa insgeheim dachte. Aber dem Herzog schien es durchaus zu gefallen. Darum gab sie sich alle Mühe damit. Der Herzog drückte ihren Kopf weit hinunter, sodass Rosa es gerade noch verhindern konnte ihrem Würge Reiz nachzugeben. Sie wollte dem Herzog doch Freude bereiten. Den Rhythmus der Armbewegungen des Herzogs nahm sie gekonnt auf, so dass sie sich auf und ab am Stab des Herzogs bewegte. Diesem Schien das so gut zu gefallen, dass er anfing zu keuchen und dann –

Rosa war vollkommen überrascht – schoss plötzlich eine warme Flüssigkeit in Ihren Rachen.

»Ahh, was konnte es denn Schöneres geben – zumindest für den Beginn.« dachte sich der Herzog. Man sah Tellmann durchaus das alte Adelsgeschlecht an. Er war groß gewachsen, hatte durchaus Manieren, seine ganze imposante Erscheinung strahlte etwas Weltmännisches aus – leider verlor er diese immer wieder in seinen Verliesen, da half auch keine Bildung und keine noch so gute Unterweisung – Tellmann hatte sich den dunklen Mächten verschrieben, es war das Einzige, was ihn interessierte.

»Komm zu mir!«, befahl er sichtlich entspannt Rosa, »komm her, meine Schöne und lass dich eingehend betrachten.« Zögerlich gehorchte Rosa, und der Herzog begutachtete das Mädchen sehr genau. Wie eine Stute, die zum Verkauf stand, inspizierte er jede noch so kleine Ritze, selbst die Zähne unterzog er einer eingehenden Betrachtung, fasste in ihre Scham, griff sie an den Hintern und kam zu der Überzeugung, dass sie einiges auszuhalten vermochte. Sie verfügte über einen starken Knochenbau, auch dieser würde ihr sicherlich dabei helfen, die Qualen zu überstehen.

Es war ja nicht so, dass Tellmann seine Sklavinnen töten wollte. Er selbst war nach so vielen Jahren, immer noch der Meinung, dass er ihnen Gutes tat, dass diese Gefügigkeit allen zu Gute kam und man ihm durchaus dankbar dafür sein konnte. Er war doch kein Tier, er liebte die Frauen doch.

Rosa, die nicht so recht wusste, wie sie mit der Situation umgehen sollte, erinnerte sich an Gertrudes Worte, und hatte eine leise Ahnung von dem, was Gertrude ihr mitteilen wollte. Sie sagte sich, dass der Herzog schon recht handelte, schließlich würde man auch keine Katze im Sack kaufen. Doch die mahnenden Worte Gertrudes würde sie für immer im Hinterkopf behalten.

Tellmann nestelte an ihrem einfachen Kleid herum, riss es ihr einfach von den Schultern, betrachtete die wundervoll festen Brüste, und biss in diese hinein, wie in einen Apfel. Rosa zuckte noch nicht einmal, das wiederum erzeugte bei Tellmann eine Art Achtung. Er hatte das Gefühl, Rosa und er würden sich über eine lange Zeit gut verstehen. Mittlerweile ahnte er, welchen Rohdiamanten er sich da in seine Gemächer geholt hatte – nun galt es, diesen zu schleifen, zu polieren, nach seinen Wünschen zu formen und ihm anschließend den nötigen Glanz zu verleihen.

Nicht nur die Folter war Tellmann von Lengenfeldts ›Spezialgebiet‹, nein, er konnte durchaus auch seinen Geliebten erlesene Geschenke überbringen – wunderschöne Stoffe, erlesene Schmuckwaren und vielerlei mehr. Immer wieder bedachte er seine Sklavinnen mit kleinen Geschenken.

Eine robuste Magd, die schon recht lange in Diensten des Herzogs stand, brachte ein schwarzes Gewand, welches leicht durchsichtig erschien. Es umfasste eine Kapuze, war am Hals eng geschnürt und die einzelnen Schnüre, die an dem Kleid befestigt waren, waren allesamt dazu vorgesehen, einzelne Öffnungen entstehen zu lassen, ohne dass das Kleid ausgezogen werden musste. Rosa war es so möglich, nur ihre Scham zu zeigen, lediglich ihr Hinterteil zu entblößen, oder ihren Rücken zur Züchtigung freizulegen. Dieses Kleid war eine Offenbarung für Tellmann.

War dieses Mädchen schön. »Dieses ›Nonnengewand‹ war wie für sie gemacht«, dachte er bei sich. Die Nähte, waren eine Idee seiner ehemaligen Zuchtmeisterin, sie hatte diesen grandiosen Einfall gehabt, und dieses Gewand würde Furore auf der Burg machen. All seine Gespielinnen würden damit ausgestattet werden, vor allem, wenn die Kirchenoberen kamen, und sich wieder einmal zu einem Abend der Geselligkeit trafen.

Doch Tellmanns Gedanken schweiften schon wieder ab – gerade stellte er sich Rosa auf dem ›spanischen Bock‹ vor, gekleidet in dieses wundersame Gewand, und er musste an sich halten um sich selbst zu benetzen. Sein Schwanz stieß hart und fest an seine Breeches.

»Bald«, sagte er sich, werde ich dich zureiten. »Wenn ich mich nicht irre, wird sie das Beste sein, das mir seit Gertrude begegnet ist.«

Man näherte sich dem Abend, und der Herzog, der für Rosa und sich selbst ein kleines Mahl servieren ließ, wurde immer ungeduldiger, hatte er sich doch als Tagesziel die Entjungferung der schönen Rosa vorgenommen, und als er es gar nicht mehr aushielt zerrte er Rosa auf seine Bettstatt und befahl ihr sich auf den Rücken zu legen und die Beine weit auseinander zu spreizen. Da Rosa bereits ahnte, dass er sich jetzt wieder seinen Untersuchungen hingeben würde, und es besser für sie sein würde, sich nicht zu widersetzen, öffnete sie Bereitwillig ihre Scham. Prompt kam auch schon die Hand des Herzogs, um sich den Blick frei zu arbeiten auf den Bereich zwischen ihren Beinen, wo immer die Pipi aus ihr rauskam. Was der Herzog daran wohl so interessant findet, dachte sich Rosa. Doch zu ihrer Verwunderung glitt diesmal ein Finger in sie hinein und sie zuckte kurz zusammen, als er an einer kleinen inneren Barriere anzukommen schien. Was das wohl sein mochte? »Gut, da hat sich noch niemand an dir vergnügt«, sagte er zu Rosa, ohne dass diese wusste was er damit meinte. Bestimmt die Untersuchungen, welche dem Herzog so viel Freude zu bereiten schienen. Der Finger glitt wieder aus ihr heraus. Seine Hände packten ihre Oberschenkel und er zog sie an seinen Stab heran, der wieder ganz hart war, so wie vorhin in ihrem Mund. Er steckte seinen Stab zwischen ihre unteren Lippen und begann sich an ihr zu reiben. Dabei wurde es richtig feucht da unten, was Rosa verwunderte. Zu seinen Bewegungen kamen durch die Reibung flutschende Geräusche, die sie bisher nicht kannte. Und mit einem Mal änderte sich der Winkel seines Stabes und er fuhr in sie hinein. Der Herzog nahm ihre Hände mit seinen und zog sich in sie hinein, bis sie einen leichten Schmerz verspürte, und es fühlte sich so an als wäre in ihr drinnen etwas gerissen. Sie zuckte zusammen, zeigte aber sonst keine Anstalten, dass es ihr nicht gefallen würde. Im Gegenteil, sie fand, dass was der Herzog mit ihr machte sogar etwas spannend. Dass es überhaupt möglich war, dass jemand mit seinem Stab so tief in sie eindringen konnte, wusste sie bis dahin nicht. Nachdem aus Herzogs Sicht das Werk vollbracht war, stieß er nach Herzenslust tiefer und tiefer in sie hinein. Er grunzte wie ein Schwein, er sabberte wie ein alter Jagdhund, und seine Gier nach Lust wurde endlich gestillt.

Er, Tellmann von Lengenfeldt, hatte endlich einmal wieder eine Frau entjungfern dürfen – das gab seinen anderen Sklavinnen zumindest eine Gnadenfrist. Er war sehr angetan von Rosa, die sich willenlos führen ließ – sich sogar umdrehte, um ihm ihr Gesäß zu präsentieren, als er mit der Entjungferung geendet hatte.

Rasch brachte er das blutige Tuch in Sicherheit, galt es doch als ein Indiz dafür, dass er auch anders konnte, als nur die Peitsche zu schwingen. Seine Leibeigene würde es zu gegebener Zeit aus dem Fenster halten. Es war seine Trophäe, sein persönlicher Verdienst. Jetzt jedoch, nach den Freuden der Sexualität, lag dort das Objekt seiner Begierde – eine wunderbar gearbeitete Reitgerte, noch nie benutzt, und entsprechend hart in der Anwendung, daneben, diskret versteckt ein Büschel Brennnessel, damit Rosa nicht allzu erschreckte.

Rosa, die glücklich war hier in dem warmen weichen Bett zu liegen, tat all das, was der Herzog ihr befahl. Wenig später musste sie sich eingestehen, dass der Mann eine dermaßen animalische Ader in sich trug, dass sie viel Kraft benötigen würde um die Schmerzen wegzustecken.

Er vollführte einige leichte Schläge mit der Reitgerte, Rosa zuckte nicht einmal. Die Schläge wurden härter, Rosa stöhnte nicht einmal auf. Die Augen des Herzogs begannen zu glänzen.

»Du willst mehr, meine Schöne!«, meinte er, und Rosa streckte ihm, wie zur Antwort, ihren Arsch so hoch entgegen, dass Tellmann gar nicht anders konnte, als hart zuzuschlagen, und das fünfmal hintereinander. Danach war ihr Po reif für das Büschel Brennnessel, welches er ungeniert an den rot geschlagenen Hintern presste, nun allerdings biss Rosa sich fest auf die Zunge.

Immer noch entrang sich kein einziger Mucks ihrem Mund, doch ihre Zunge war blutig. Doch das musste der Herzog ja nicht sehen.

Tellmann war willens, dieser Frau die Erfüllung ihres Lebens zu verleihen. Erregt dachte er an das, was an diesem Abend noch folgen würde, nämlich die Brandmarkung Rosas, sodass sie als sein Eigentum angesehen wurde. Kein Mann hatte danach mehr das Recht, sie ohne seine Einwilligung auch nur anzusehen – sie gehörte ihm, ihm ganz allein.

Im Keller der Burgverliese schürte der Kerkermeister sicherlich schon das Feuer für das Brenneisen, welches in der Nacht zum Einsatz kommen würde. Und Rosas entzückender Hintern würde glühen vor Freude, wenn des Herzogs Brandzeichen darin verewigt wurde.

Tellmann indes konnte sein Glück kaum fassen. Wann hatte er das letzte Mal eine so junge Maid entjungfert? Immerhin war Rosa gestern gerade einmal achtzehn Jahre alt geworden. Er,

Tellmann selbst ging bereits in sein einundvierzigstes Jahr, natürlich mochte er frisches Fleisch, es fühlte sich so zart und weich an, er konnte nicht genug von dem Geruch Rosas bekommen, und wiederum musste er an sich halten, um sich nicht selbst zu benetzen.

»Verdammt!«, dachte er bei sich, »ich brauche die Tawse, diese Frau becirct mich dermaßen, ich werde schwach, ich darf nicht schwach werden. Ich verliere mich! Seine Erregung konnte er nur in den Griff bekommen, in dem er Rosa brutal ins Gesicht schlug. Anders war es nicht möglich seine Lust unter Kontrolle zu bekommen.

Hart pumpte er daraufhin sein Sperma in sie hinein, wobei er sie mehr als hart rannahm, und immer wieder leicht in die Schulter biss. Er riss ihre Haare nach hinten, küsste sie brutal auf den Mund. Er war zu keiner Gefühlsäußerung fähig.

Tellmann von Lengenfeldt war mit den Jahren zu einem eiskalten Hundesohn geworden, der nur noch Folter und Qual im Sinn hatte. Jegliches Gefühl seiner Lustbarkeit war verloren - vielleicht, so dachte Rosa bei sich, braucht er nur ein wenig mehr zärtliche Zuwendung.
Nachdem sie einige Zeit bei ihm in Ausbildung war, vergaß sie diesen Gedankengang schnell wieder. Wie hätte sie je daran denken können, für dieses Monster Mitleid zu empfinden.

Ja, sie war etwas Besonderes, und doch hatte der Herzog nichts dem Zufall überlassen. Er hatte für Rosa einen Käfig anfertigen lassen, welcher in seinem Schlafzimmer stehen sollte. In den ersten Wochen sollte Rosa hier nach ihren Unterweisungen ausruhen, sich aber nicht von der Stelle bewegen. Der Käfig war eng gehalten, Rosa konnte sich mit Müh und Not darin aufrichten, und der Herzog konnte sie bei all ihren Verrichtungen des täglichen Lebens beobachten. Ihn erregte es, wenn Rosa in den Eimer pinkelte, den er ihr hingestellt hatte. Ihn erregte es, wenn Rosa sich wusch und ihr Haar bürstete – doch Rosa erregte nichts mehr.

Im Augenblick fühlte sie sich gedemütigt, sie schwor ihm jetzt schon Rache dafür, dass er sie einsperren ließ. Der Herzog hatte einige kleine Stolpersteine einbauen lassen, alles Spielgeräte, die er entzückend fand, für Rosa waren sie die Hölle. Doch Rosa verhielt sich ruhig und demütig, dass es eine Lust war, sie zu beobachten. Lediglich um eine Decke bat sie, damit sie auf dem eiskalten Boden zu liegen kam – alles andere ertrug sie mit großer Tapferkeit.

Der Herzog erinnerte sich an ganz andere Gespielinnen, welche die Käfighaltung allein schon so entwürdigend empfanden, dass sie zuvor den Freitod wählten, und in einem Moment der Unachtsamkeit des Herzogs einfach aus dem Fenster sprangen.

»Blöde Hühner!«, sagte Tellmann von Lengenfeldt sich, »sie hätten doch nur zu gehorchen brauchen! War es denn so schlimm, sich einem Mann zu unterwerfen. Da gab es doch sicherlich schlimmere Dinge. «

Nun, es war nicht sein Problem, was die jungen Dinger mit ihrem Leben anstellten, sollten sie springen, sich die Pulsadern aufschneiden … er würde immer wieder neue Gespielinnen finden, im Augenblick hatte er drei an der Zahl – und Rosa war eindeutig seine Favoritin.

In der Zwischenzeit hatte diese ihre Beine weit gespreizt, sodass der Herzog ihre Vulva betrachten konnte, und was er da sah, entzückte ihn. Noch ein bisschen Weitung mit der Birne, und diese Vulva war der perfekte Eingang für weiterführende Freuden. Er würde den Kirchenoberen bald Bescheid geben können, dass eine neue Schönheit auf diese wartete. Allein der Gedanke erregte ihn, denn er war der Kirche durchaus sehr zugetan, und wenn Rosa Gutes tat, dann war dies wiederum gut für die Erhaltung seiner Burganlage, die sowieso großenteils von der Kirche finanziert wurde.

»Geduld, Tellmann«, sagte er sich, »Rosa wird mich nicht so schnell wieder verlassen. Ich ahne, dass wir länger zusammenbleiben werden, sie ist ein wahres Schmuckstück, und ich werde sie segnen, mit allem was meine Verliese aufzuweisen haben.

Wie sich nach einiger Zeit der Lustqualen herausstellen sollte, war Rosa die Klügere von beiden. Was der Herzog versäumte, nämlich einmal nachzudenken, das tat Rosa zur Genüge.

Früh hatte sie geahnt, dass sie hier nur mit halbwegs heiler Haut herauskommen konnte, wenn sie sich des Herzogs Gebaren fügte. Und es wurde besser. Er unterwies sie in die diversen Spiele der Qual und der Lust, sie nahm sie allesamt ohne Murren auf – und mittlerweile hatte sie ihn so weit, dass er so manch wohlmeinenden Rat ihrerseits annahm.

Doch bis dahin war es noch ein langer Weg sein. In der Zwischenzeit hatte sich Tellmann wieder der Reitgerte bemächtigt, und noch ein paar Mal über Rosas Rücken gezogen, nun jedoch erhob er sich aus dem Bett und betrachtete Rosa mit glänzenden Augen.
»Ah, du hast immer noch nicht genug, meine Schöne. Du verlangst nach mehr Schlägen. Das nenne ich mal eine willfährige Sklavin. Und er

kam zu ihr und schlug mit der Hand ein paar Mal auf ihren Po.

Es klopfte an der Tür und Tellmann von Lengenfeldt war erzürnt über die Störung. Der Bedienstete der sich erdreistete jetzt zu stören, würde es zutiefst bereuen. Doch es war des Herzogs treueste Bedienstete die klopfte, und meinte: »Der Kerkermeister hätte alles für die Nacht hergerichtet, und Marie würde wieder Ärger machen.«

»Verdammt, das war nun nicht gerade nach dem Geschmack des Herzogs und natürlich musste Rosa darunter leiden. Sie hatte sich blitzschnell eine Decke übergeworfen doch die Bedienstete wusste sehr wohl, was in den Gemächern des Herzoges stattfand.

Rosa, die ahnte, dass sie nun das ausbaden musste, was diese blöde Kuh von irgendwer angerichtet hatte, wappnete sich schon insgeheim für das, was nun kommen würde. »Dreh dich um, und strecke mir deinen Arsch entgegen«, sagte der Herzog grob. Bevor er sie foltern würde, führte er seinen Daumen in ihr hinteres Loch, welches sich reflexartig zusammenzog. »Ziemlich eng da drinnen«, sagte er bei sich. Mit dem Daumen macht er noch ein paar kreisende Bewegungen und das Loch bekam leichte Risse und brannte. Dann zog er den Daumen raus, zog ihren Hintern auseinander, spuckte auf ihr Loch, nahm sein Glied und stoß in ihren Arsch hinein. Er nahm sie hart ran, war er doch immer noch frustriert über die schlechten Nachrichten, die er erhalten hatte. Mit jedem harten Stoß wurden die Schmerzen größer, denn Rosa war alles andere als entspannt. Die Risse bluteten mittlerweile und sie war froh, wenn diese Tortur enden würde. Mit einem letzten harten Stoß wurde es warm in ihrem Loch und der Herzog zog sich aus ihrem Hintern zurück. Die warme Flüssigkeit lief begleitet von unanständigen Tönen aus ihr heraus. Rosa, die froh war wieder etwas durchatmen zu können, ahnte nicht, dass dies noch der angenehmere Teil der abends war. Denn auch bei ihrem Hinterteil war der Herzog der Meinung, dass der Einsatz der Birne durchaus gerechtfertigt erschien – er persönlich würde dieses Weib weiten und er würde sich dabei seinen Schwanz reiben.

»Was konnte Rosa dafür, dass diese Marie so aufbegehrte«, fragte er sich in einem lichten Moment, als das Fleisch eigentlich schon in Fetzen von Rosas Hintern hinunter hang, denn er hatte sinnlos auf sie eingedroschen. Das war nach des Herzogs Geschmack und als er mit Rosa fertig war, fiel sie in eine Ohnmacht, die ihr ihre Schmerzen nahm.

Da erst sah der Herzog was er angerichtet hatte. Erschrocken über sich selbst, ließ er nach Gertrude rufen, sie möge bitte schnell kommen, er habe das Mädchen halb totgeschlagen. Gertrude, die mit Sorge vernahm, was die Bedienstete ihr da zu berichten hatte, schnappte sich schnell alles Erdenkliche, um die Schmerzen zu stillen – Laudanum, Verbände mit Aloe Vera und eine Veilchenwurzel, welches die Schmerzen ebenfalls linderte. Mehr konnte man sowieso nicht tun, die Wunden mussten heilen, nur wer heilte Rosas Herz?

Als sie das Mädchen sah, schlug sie entsetzt die Hände über dem Kopf zusammen. »Tellmann, was hast du getan – Was hat dir dieses arme Menschenkind getan!«

»Nichts, sie war nur am falschen Platz!«, sagte er, hatte aber Angst vor Gertrudes Schelte, und die kam prompt: »Ja, bist du denn des Teufels …

da führe ich dir meine beste Gehilfin zu und du schlägst sie halbtot. Tellmann, du musst sehen, dass du diese dunkle Seite in dir besser in den Griff bekommst – du bist ja nicht du selbst!«

Gertrude war entsetzt. Sie ging zu Rosa und begutachtete den wundgeschlagenen Hintern. Die Striemen auf dem Rücken waren nicht allzu arg, aber ihr Hinterteil war ziemlich ramponiert. Vorsichtig tupfte Gertrude das Blut ab und verarztete das arme Ding mit dem Wenigen, was sie für die Kleine tun konnte, die noch immer in ihrer Ohnmacht gefangen war.

Sie hauchte ihr einen Kuss auf die Wange und meinte: »Morgen sieht die Welt schon wieder anders aus, mein Kind«, und sah Tellmann böse an. Sie wiegte Rosa leicht in ihren Armen, Tränen der Wut traten in Gertrudes alte Augen. »Tellmann von Lengenfeldt«, sagte sie zu ihm, »wenn du dich nicht alsbald änderst, ich schwöre dir, ich hetze dir die Hunde auf den Hals, sie mögen dich in Stücke reißen … es ist mir piep egal wo du mich hinschmeißt, ich habe schon alles gesehen.« Damit raffte sie ihre Röcke und verschwand aus den Gemächern des Herzogs, nicht ohne einmal kräftig auszuspucken.

»Ach, halts Maul, Gertrude«, rief er ihr nach, »habe ich dich nicht immer gut behandelt?«

Doch Gertrude war längst über den Flur in ihre Küche entfleucht, wo sie sich auf einen Stuhl setzte, und den Kopf auf den Tisch stützte. »Was hatte sie getan? Welcher Teufel hatte sie geritten, Rosa dem Herzog zuzuführen.«

All das belustigte Tellmann zwar, doch das durfte er Gertrude gegenüber nicht zeigen, denn niemand kannte ihn besser als sie. Ein jeder hatte Respekt vor dieser resoluten Frau, selbst die Knechte, die nicht gerade schmal gebaut waren – doch diesen Respekt hatte sich auch diese Frau durch die Zucht des Tellmann von Lengenfeldt hart erarbeiten müssen – heute wusste jeder, mit Gertrude war nicht gut Kirschen essen.

Kapitel fünf

Mehrere Tage gönnte der Herzog Rosa eine Schonfrist. Der Käfig, der mittlerweile in des Herzogs Gemächern stand, war versperrt, Rosa lag eingepfercht wie ein Stück Vieh darin und genoss es, ein wenig abzuschalten. Auch wenn der Herzog sie jede Sekunde des Tages anschauen konnte. Einige Tage später hatte der Herzog genug von der Schonfrist Rosas. Ihr genügte es vollauf, wenn er sie für ein paar Tage in Ruhe ließ, bevor die Strapazen der Züchtigung weitergingen, um aus ihr die perfekte Sklavin zu formen.

Zumindest die Entjungferung hatte sie schon einmal hinter sich gebracht, sie blutete zwar noch immer leicht von den unnachgiebigen Schlägen des Herzogs. Doch Rosa war hart im Nehmen, doch das brauchte der Herzog nicht unbedingt zu wissen. Sie würde also eine Art Leibeigene von ihm sein, darunter vorstellen konnte sie sich nichts so wirklich.

Rosa, war sie ehrlich zu sich selbst, war nicht unfroh darüber. Sie ahnte zwar, dass sie sich das warme Bett und das regelmäßige Essen hart erarbeiten musste, aber das mussten die Fuhrknechte und Mägde auch. Also betrachtete sie die Lustbarkeit, welche sie dem Herzog dadurch verschaffte, dass er Hand an sie legen, sie auspeitschen und andere derbe Dinge mit ihr anstellen konnte, sogar als eine Art Privileg.

Sie war stolz darauf, an der Seite des Herzoges sein zu dürfen, wenn die Kirchenfürsten hier ihre Empfänge abhielten und zu späterer Stunde sich anderen Lustbarkeiten zuwandten. Insgesamt konnte man davon ausgehen, dass Rosa oftmals die Zähne zusammenbeißen musste, um das Leben zu genießen, welches sie gerade begann zu leben.

Der Herzog würde nicht ewig leben, schließlich befand er sich bereits in seinem einundvierzigsten Jahr, sein Haar, welches bereits hohe Grauanteile aufwies, hatte bereits Geheimratsecken und auch sein Körper war, nach allem was sie so gesehen hatte, auch nicht mehr der straffeste.

»Also«, so sagte sich Rosa, »würde er vielleicht mit dem Alter etwas milder gestimmt sein, und sie würde dazu beitragen, indem sie ihm zu Willen war. Rosa konnte so schnell nichts erschüttern, doch die Hiebe die sie neulich einstecken musste, waren selbst ihr zu viel gewesen.

Nun jedoch stand Tellmann von Lengenfeldt vor ihrem Käfig und forderte sie unmissverständlich auf, mit ihm zu kommen. Er wolle ihr nun seine Verliese zeigen, und er habe auch noch eine Überraschung für sie parat.

»Das konnte ja nichts Gutes bedeuten«, dachte sich Rosa, ging aber mit ihm. Es blieb ihr auch nicht viel anderes übrig. Schnellen Schrittes eilte Rosa hinter dem Herzog hinterher, der ihr nun sein dunkelstes Geheimnis offenbaren würde.

Rosa erschauerte.

Mehrere Türen mussten sie passieren, ehe sie vor dem Foltertrakt Halt machten.

»Ja, hier kann ich mir den Herzog gut vorstellen«, dachte Rosa bei sich. »In diesen Räumen kann er sich nach Lust und Laune austoben, hier hört niemand die Schreie der Gequälten und Gefolterten und die Lustschreie des Herzoges. Kein Geräusch würde diese Räume je verlassen.«

Doch am erschreckendsten war wohl die Vorstellung, dass es mindestens zehn dieser Räume auf der großen Burganlage gab. Rosa, die zwar noch nicht lange dem Herzog diente, war seit Anbeginn ihrer Dienste von der Imposanz der Burganlage mehr als beeindruckt. Hier fehlte es an nichts, selbst eine Kapelle war hier zu finden. Die vielen Nebengelasse und die Stallungen und Remisen, all das war unbekanntes Terrain für Rosa und sie wusste nicht, was sich dahinter verbarg.

Rosa war erstaunt darüber wie viele Bedienstete im ›Bauch der Burg‹ dem Herzog dienten. Alle waren sie in strengem Schwarz gekleidet mit dicken Lederarmbändern ausgestattet, sodass die Handgelenke bei ihren ›Arbeiten‹ geschützt blieben.

»Was trieb den Herzog nur dazu?« Rosa, die mittlerweile wieder halbwegs sitzen konnte und die die Käfighaltung erduldete, kam sich mittlerweile selbst vor wie ein Stück Vieh. Sie hoffte sehnlichst auf ein nettes Wort des Herzogs, vielleicht auch eine Gefühlsäußerung außerhalb von Qual und Unterwerfung – doch es sollte erst zu sehr viel späterer Zeit dazu kommen.

Als der Kerkermeister nun auf die beiden zutrat und grinsend fragte: »Die übliche Prozedur, mein Herr?«, fühlte Rosa, dass ihr die nächste Pein bevorstand.

Der Herzog nickte und führte Rosa zu einer Art Lehnstuhl, an welchem sie sich festhalten sollte. Sie betrachtete mit Besorgnis das Kohlebecken. Noch besorgter wurde ihr Gesichtsausdruck als sie das Brandeisen sah, welches der Schmied jetzt in das Kohlebecken hielt.

»War es möglich ...?«

»Du bekommst jetzt das Brandmal, welches dich als meine Leibeigene ausweist«, sagte der Herzog zu ihr, »bleib still stehen, dann wird es nicht über Gebühr wehtun.«

»Gib ihr ein wenig Laudanum«, wies der Herzog den Kerkermeister an, »sie hat immer noch einen leicht lädierten Arsch – ich will ihr nicht noch mehr Schmerzen zufügen.« Nachdem der Kerkermeister das Laudanum zwischen die Lippen Rosas gepresst hatte, gab Herzog Tellmann von Lengenfeldt seinem Folterknecht ein Zeichen, dass er beginnen möge.

Dieser schürte noch einmal die Glut, sodass diese nun perfekt brannte … er hielt das Brenneisen hinein, stellte Rosa so an den Stuhl, dass ihr Hintern ein wenig vorgestreckt war und hielt ihr ein Stück Holz hin, auf welches sie beißen sollte. Mehr war nicht zu tun.

Mit glänzenden Augen betrachtete der Herzog die Szenerie. Wie ihn all das erregte, es machte ihn endlich satt. Er spürte, wie sein Schwanz pochte, wie seine Augen sich weideten an ihrem Schmerz. »Gott, sie ist in der Tat eine wundervolle Schönheit«, dachte er bei sich. Rosa, die Lustbarkeit des Seins … nie galten diese Worte mehr als zu diesem Zeitpunkt. Sein Penis klopfte unruhig hin und her zuckte vor Freude.

Der Kerkermeister entnahm das Brandeisen dem Feuer und hielt es dem Herzog entgegen. Dieser trat auf Rosa zu, die fest auf das Stück Holz biss. Nur Sekunden dauerte die Prozedur, die nun folgte.

Die Pobacken waren es, wo das Brenneisen letztlich das Zeichen setzte, dass Rosa nun das Eigentum von Tellmann von Lengenfeldt war. Weder hatte diese gezuckt, noch sich gerührt, noch sich irgendwie bemerkbar gemacht.

Anhand des Blutes, welches aus ihrem Mund tropfte, konnte Tellmann von Lengenfeldt erkennen, dass es Rosa nicht so leicht hingenommen hatte, wie sie ihm gern weiß machen wollte.

Nicht ohne Stolz betrachtete der Herzog das Brandmal und musste zugeben, dass es auf Rosa prallem Hintern hervorragend zur Geltung kam. Er würde seinen Schwanz mehrmals in der Woche in diese wunderbare Öffnung hinein bewegen und sich an diesem Brandmal weiden.

Versöhnt mit sich selbst und diesem bis dahin recht durchwachsenen Tag nahm er Rosa das Holz aus dem Mund. »Ah, meine Schöne, du bist einzigartig auf der Welt!«, sagte er zu ihr, die, nachdem er ihr das Holz aus dem Mund entfernt hatte, erschöpft in seinen Armen zusammenbrach.

»Ich bin nun dein Herr, du wirst mir dienen und willfährig gegenüber mir sein«, flüsterte er ihr erregt ins Ohr, »bist du mir wohlgesonnen, wird es dir ab sofort an nichts mangeln, das verspreche ich dir.«

Zu seinem Kerkermeister sagte er: »Sorg dafür, dass die Brandwunde behandelt wird und dass das Brandzeichen gut verheilt. Als er Rosa erneut betrachtete, war in seinem Blick sogar so etwas wie Rührung zu erkennen – das sah man eher selten bei dem Herzog. Sie würde eine wunderbare Gespielin werden, das spürte Tellmann von Lengenfeldt immer intensiver.
Rosa war bereits in den wenigen Tagen durch etliche Prüfungen gegangen, die sie alle bestanden hatte. Tellmann war fasziniert über ihre Willfährigkeit und er begann etwas für sie zu empfinden, was er seit Gertrudes Zeiten nicht mehr empfunden hatte. Unendlich sanft küsste Tellmann das frische Brandzeichen und nahm Rosa zärtlich in den Arm.

Dem Kerkermeister sagte er nur noch, dass er, wie immer noch die Schamlippen durchstechen möge, und den Sklavenring dort platzieren möge. »Den fertigst du an, wie immer. Schau dir die Schamlippen an, während sie schläft, ich möchte nicht, dass da irgendetwas schiefgeht. Hast du mich verstanden.«

Der Schwanz des Kerkermeisters begann sich zu rühren und Tellmann sagte schroff: »Was ist? Kümmere dich um deine Angelegenheiten. Wehe, du rührst sie an – sie gehört mir, mir allein! Hast du das verstanden! Dieser Ring wird uns für immer verbinden, wie zuvor das Brandmal. Sie wird mein sein bis an ihr Lebensende – und damit verließ er die Folterräume.«

Der Kerkermeister nahm Rosa und legte sie auf ein anderes Bett, betrachtete sich sehr genau die

Schamlippen und fertigte dann den Ring danach aus, nicht ohne doch seiner Gier nachzugeben und mehrmals über Rosas herrlich junge Vagina zu lecken. Nun, sie bekam es ja nicht mit – er hatte ihr heimlich etwas mehr Laudanum gegeben, sie würde die Nacht durchschlafen.

Kapitel sechs

Am nächsten Morgen, als Tellmann von Lengenfeldt nach Rosa schauen wollte, betrachtete er mit einigem Missmut den Kerkermeister, da dieser alles andere als fröhlich gestimmt aussah.

Doch Tellmann war schon immer sehr schlau gewesen, und auch hier fragte er erst einmal vorsichtig nach: »Was ist passiert. Du hast dich doch hoffentlich um Louisa gekümmert, oder sitzt die immer noch auf dem Bock dort?« Er zeigte in die Richtung, in welcher sich die Folterkammer befand.

»Ich habe mich um sie gekümmert, Herr. Aber diesmal war es offenbar zu viel des Guten.«

»Inwiefern?«, fragte der Herzog, ahnte jedoch nichts Gutes.

»Sie hat das Bewusstsein verloren, und ist von dem ›spanischen Bock‹ gestürzt.«

»Ist sie tot?«, fragte der Herzog entrüstet.

»Ich konnte nichts mehr für sie tun – es tut mir aufrichtig leid.« Der Kerkermeister senkte seine Augen.

Er wusste, was nun folgen würde. Entweder der Herzog würde ihm die Zunge herausschneiden lassen oder ihm ebenfalls ein Brandmal verpassen, dann würde er hier im Verlies sein Dasein fristen. Hatte der Herzog einen schlechten Tag, würde er höchstwahrscheinlich mit Pech übergossen werden und mit Schimpf und Schande aus der Burganlage vertrieben werden.

Doch der Kerkermeister hatte Glück, denn durch die Freude an Rosa war der Herzog heute milde gestimmt. Er ordnete lediglich fünf Peitschenhiebe mit der Neunschwänzigen an. Das war erträglich. Mittlerweile war auch die Haut des Kerkermeisters hart wie Leder – auch

er hatte viele Peitschenhiebe und Folter ertragen müssen. Er hatte sich des Öfteren den Anweisungen des Herzogs widersetzt und die Mädchen, die hier unten bei ihm ihr Dasein fristeten, früher von den Foltergeräten genommen, als es dem Herzog lieb sein konnte.
Diese ›Strafe‹ war wohl nur als Hinweis gedacht, dass der Herzog den Schein wahrte. Somit nahm der Kerkermeister die Strafe gelassen auf, sie sollte am Abend auf dem Hof der Burganlage vollstreckt werden – es sollte ein Fest daraus werden, sodass die Bediensteten endlich einmal wieder richtig feiern und sich besaufen konnten.

Die tote Gespielin des Herzogs wurde ohne viel Aufsehen zu erregen schnellstens nach Praun geschafft. Hier hatte sich der Herzog einen eigenen Gottesacker zugelegt, wo all seine Gespielinnen ein kühles Grab bekamen. Nur wenige Prauner wussten überhaupt, dass der Herzog einen eigenen Gottesacker unterhielt. Tellmann von Lengenfeldt hatte jedoch einen mehr als guten Kontakt zu der Kirche im Allgemeinen und zu deren Kirchenfürsten im Besonderen. Er spendete reichlich und gern, und die Abende, die diese auf der Burg verbrachten, waren bereits legendär. Dadurch hatte Tellmann auch keine Probleme seine Gespielinnen, die in seinen Augen versagt hatten, in die kühlen Gräber auf seinen Gottesacker zu überführen.

Der Herzog war generell von Glück beschieden. Die Menschen in Praun achteten ihn, dankten ihm von ganzem Herzen dafür, dass er Ihnen Arbeit und Brot gab – viele Prauner arbeiteten auf der Burg, oder in dem großen Waldgebiet welches ebenfalls dem Herzog gehörte.

Man konnte durchaus sagen, dass es den Leuten nicht schlecht erging, und so würde auch niemand je etwas dazu sagen, dass der Herzog einen eigenen Gottesacker hatte, man nahm es hin, ohne irgendeinen Kommentar abzugeben.
Oftmals wurde auch eine Schöne aus dem Dorf, Tellmann von Lengenfeldt zugeführt, in den meisten Fällen sah sie die Familie nie wieder.

Wieder einmal hatte er es vollbracht, Louisa still und heimlich von der Burg ›entfernen‹ zu lassen und Tellmann atmete tief die würzige Luft des beginnenden Abends ein und machte sich auf, die Pferdeställe aufzusuchen, er würde morgen früh einen langen Ritt unternehmen und sehen, wie seine Wälder dastanden.
Der Pferdeknecht, welcher sich gerade in dem Stall zu schaffen machte, und sich um des Herzogs Pferd Zorn kümmerte, erhielt

Anweisung das Pferd Punkt sieben Uhr für ihn bereitzustellen, er würde erst gegen Abend wieder hier sein.

Er ging zu Gertrude in die Küche, um diese zu bitten, ihm Brote und Wasser mitzugeben. Auch das funktionierte reibungslos. Die Bediensteten knickten und huschten an ihm vorbei, doch das alles sah der Herzog nicht.

Louisa war also auch gestorben – gestorben, nur weil dieser Hundsfott von Kerkermeister das Mädchen nicht rechtzeitig von dem ›spanischen Bock‹ heruntergenommen hatte. Nicht auszudenken, wenn es ihr die Beine ausgerissen hätte. Das erste Mal spürte Tellmann von Lengenfeldt so etwas wie Schmach.

»Verdammter Hurensohn, dieser widerwärtige Kerkermeister!«, dachte der Herzog bei sich, doch ihm waren die Hände gebunden. Er konnte nicht viel gegen ihn ausrichten, so manch einen ›Gefallen‹ hatte ihm der Kerkermeister bereits getan, so manch eine Leiche für ihn weggeschafft. So ein Unmensch war er nun doch nicht, dass er diesen nun auch noch über die Klinge springen ließ.

Dennoch, er würde ihn mehr kontrollieren lassen. Ab jetzt, war auch der Kerkermeister nicht mehr frei in seinen Entscheidungen. Er würde ihm den Hufschmied zur Seite stellen – genug zu branden gab es ja. Und Tellmann konnte schon wieder grinsen.

Um sein Gesicht zu wahren, hatte sich der Herzog zu dem abendlichen Zwischenspiel auf der Burg entschlossen, zu welchem ein Spanferkel gegrillt werden sollte, und Bier in reichlichen Mengen fließen würde, und die derben Mägde würden höchstwahrscheinlich ihre Ärsche gut gefüllt bekommen.

»Gut so!« Das brachte Entspannung auf die Burg und würde eine Zeitlang nachwirken. Es wurde höchste Zeit, dass das Getuschel um Tellmann von Lengenfeldts dunkle Seite zur Ruhe kam. Er mochte es nicht, wenn über ihn irgendwelche Gerüchte in die Welt gesetzt wurden, vor allem wenn sie auch noch wahr waren.

Rosa. Seine Gedanken schweiften ab zu dieser bildhübschen Frau, die sein eiskaltes Herz ganz langsam zum Schmelzen brachte. Es würde ein langer Weg für beide sein, er würde sie weiterhin auspeitschen, auch der spanische Bock würde ihr schon aus Prestige nicht erspart bleiben, auch nicht die vielen anderen Niedlichkeiten, die er bereithielt – doch er hatte das Gefühl, dass Rosa genau wusste, was sie tat. Seit dem Brandmal, welches sie empfangen hatte, genoss er ein noch höheres Ansehen bei ihr, als bereits zuvor. Sie küsste ihm die Füße, sie massierte seinen Schwanz, sie nahm sein Sperma in allen Körperöffnungen auf, welche ihr zur Verfügung standen, und legte sich ihm zu Füßen, wenn sie der Schlaf übermannte.

»Was habe ich doch für ein Glück«, dachte Tellmann, »und sehnte sich mit einem Mal nach einem geregelten Tagesablauf. Das alles hatte seine Rosa bewirkt, Gertrude hatte wirklich ein goldenes Händchen bewiesen.

»Apropos Gertrude«, dachte er sich. Wenn ich morgen früh ausreite, werde ich ihr einen schönen Zweig Tanne aus dem Wald mitbringen. Sie liebt den Tannengeruch doch so sehr und für Rosa werde ich ein paar schöne Waldblumen pflücken.

»Ich darf es nicht übertreiben«, dachte er bei sich, »sonst verlieren sie den Respekt.« Es verhielt sich keinesfalls so, dass Tellmann von

Lengenfeldt seinen Gespielinnen keine Aufmerksamkeit entgegenbrachte, nur dafür verlangte er unabdingbaren Gehorsam, seine Sklavinnen hatten ihm zu jeder Tages- und Nachtzeit zur zu Verfügung stehen um die sonderbarsten Wünsche zu erfüllen. In Tellmanns Leben gab es keine Anomalitäten, es gab für ihn nichts, was es nicht gab.

Hatten die Sklavinnen ihre Probezeit überstanden, so wurden sie in die schwarzen Gewänder gesteckt, welche sich nach allen Seiten hin öffnen ließen und die die Näherinnen mittlerweile für manch ein Kloster anfertigen mussten. Diese Kleider waren ausdrucksstark und Tellmann wollte seine Sklavinnen darin sehen. Oftmals erlaubte er ihnen in den Hof zu gehen, sich ein bisschen frische Luft zu verschaffen und spätestens nach ein paar

Wochen bekamen sie auch Unterleibchen und Unterwäsche.

Rosa hatte, wie alle anderen Sklavinnen vor ihr, die ›Käfighaltung‹ erdulden müssen, doch es hatte nie einen Ausbruchversuch ihrerseits gegeben, sie hatte alles mit einer Engelsgeduld ertragen, und nun war sie zahm wie ein Lämmchen. Er war stolz auf sie, sie hatte alle Prüfungen bestanden, sie genoss ein hohes Ansehen in den Kreisen, die von den dunklen Mächten des Herzogs Kenntnis hatten.

Ein anderer Tellmann indes, ließ seine Gespielinnen die nicht unbedingt zu den Gehorsamsten zu zählen waren, mit Vorliebe in eben diese Käfige sperren. Wehe, wenn sie ein Gramm zunahmen, dann würde ein Dornengürtel, welches dieses Monster ihnen umlegte, das Fleisch einschneiden, und das stellte sich selbst Tellmann nicht sehr appetitlich vor.

Ein Gerücht ging um, dass Tellmann selbst ein Kind der Schande wäre. Dieses Gerücht hielt sich hartnäckig, es wurde behauptet seine Mutter hätte sich einem Stallknecht hingegeben.

Irgendein Plappermaul hatte den armen Mann verraten, der dieses Gerücht in die Welt gesetzt hatte, und Tellmann hatte ihm die Zunge rausreißen lassen. Nie wieder würde dieser Mann so etwas Hirnloses von sich geben.

Nun näherte sich der Abend und der gesamte Burghof war voll der Erwartung. Die Knechte pfiffen, die Mägde hatten sich mit faulen Eiern und anderen Wurfgeschossen eingedeckt, denn es gehörte einfach dazu, so einem Hundsfott die Meinung zu geigen.

Und als der Herzog in voller Montur vor seine Bediensteten trat, war eine recht ansehnliche Menschenmenge zusammengekommen, die nun mit einem Pfeifkonzert den Kerkermeister ›begrüßte‹, als er auf den Hof geführt wurde.

Die Bullenpeitsche lag bereits auf einem Stuhl bereit und es gab nicht viel mehr zu tun, als dass der Herzog selbst zu der Peitsche griff und seinem treuen Gefährten genüsslich fünf Schläge verabreichte.

Dieser zuckte nicht einmal zusammen, geschweige denn, dass er aufgrund seines Rückens überhaupt viel gespürt hatte. Er stöhnte ein wenig, was ihm wiederum Pfiffe einbrachte, und machte sich schnell auf die Flucht, ehe ihn die faulen Eier und Birnen treffen konnten. In Gertrudes Küche ließ er sich verarzten und schlang ein Mahl hinunter, das auch nicht schlechter war, als das Spanferkel welches jetzt zum Einsatz kam.

Das gemeine Volk ließ es sich munden, und man feierte bis weit in den nächsten Morgen hinein, als der Herzog bereits auf Zorn saß und los ritt, um seine Felder und Wälder einer Begutachtung zu unterziehen.

Nach dem langen Ritt, welcher ihm sehr gut tat, brachte er in der Tat den Tannenstrauch und einige Wildblumen mit, was ihn fast wieder menschlich wirken ließ.

Einige Monate später

Als er sein Schlafgemach betrat, sah er, dass Rosa, inzwischen ihres Käfigs entledigt, still und in eine leichte Wolldecke gehüllt in eine Stickarbeit vertieft war. Sie lächelte leicht, als sie ihn eintreten sah und legte die Stickarbeit aus den Händen.

Mittlerweile trug sie auch den Labienring, welcher der Kerkermeister ihr eingeschossen hatte. Viele Prüfungen waren noch erfolgt, vielen Kirchenfürsten hatte sie sich hingegeben – immer in Abstimmung mit ihrem Meister, der nun über ihr Leben herrschte.

Wollte sie etwas essen, musste sie ihn fragen, wollte sie auf ihren Eimer um sich zu entleeren, fragte sie – und Tellmann war entzückt. Der Herzog hatte Rosa unterschätzt. Gelüstete es ihm nach einer Auspeitschung, so ließ sie es willenlos geschehen, und empfand in der letzten Zeit sogar so etwas wie Stolz. Sie nahm sein Glied in den Mund und befriedigte ihn oral, bis das er sich in ihrem Mund erleichterte, sie ließ sich von ihm den Hintern penetrieren und gern zog er auch einmal an dem Ring, welches ihr zwar Schmerz verursachte, diesen betrachtete sie jedoch immer weniger als unangenehm, sondern eher als erregend. Unbewusst war Rosa zu einer Sklavin geworden, wie sie sich jeder Mann nur wünschen konnte.

Rosa liebte es, wenn der Herzog sie ansah, mit ihr spazieren ging oder sie in sein Bett holte. Dann war sie glücklich, dann war sie zufrieden. Und bald schon ließ er es zu, dass die Kirchenfürsten auch ohne sein Beisein Rosa penetrieren durften – so weit war er bis dato bei keiner Sklavin gegangen. Er vertraute Rosa bedingungslos.

Nun, an einem nasskalten Januarmorgen, setzte sie sich zu des Herzogs Füßen und massierte diese voller Inbrunst. Ihre Hände glitten immer weiter nach oben, sie massierte seine Beine und Knie und allmählich wanderten sie zu dem Objekt der Begierde, welches sie gedachte, heute Morgen einer außergewöhnlichen Massage zu unterziehen. Vielleicht gefiel es ihrem Gebieter.

Sie schlang beide Hände um das Gemächte des Herzogs und dieser stöhnte leicht auf, spreizte sofort die Beine, damit Rosa freie Bahn hatte.

»Du willst mich doch nicht etwa zu so früher Stunde verwöhnen«, meine Liebe?

»Warum denn nicht, mein Gebieter! Du schenkst mir doch auch viele Freuden … da dachte ich.«

»Ach, Rosa …«, wisperte er nur, und ließ sich fallen um zu genießen, was da kommen würde.

Rosa presste seine Hoden eng zusammen, knetete diese extrem hart – sodass Tellmann große Augen bekam – wollte das Weib ihn etwa entmannen. Nein, Rosa hatte etwas ganz im Sinn vor. Sie würde ihn so in Ekstase versetzen, ihn so verrückt machen, dass er gar nicht mehr an Folter denken würde. Sie würde seinen Schwanz reiben, sie würde ihn aussaugen und sie würde sein Sperma in sich aufnehmen, so wie sie es viele Male zuvor hatte – es war ein Plan den sie austestete. Gefiel es ihm so behandelt zu werden, konnte sie vielleicht eines Tages doch vor ihm fliehen.

All ihre Lustbarkeit legte sie in diesen Morgen hinein, sie massierte, sie leckte, sie lutschte an seinen Eiern – sie tat alles, damit er sich wohl fühlte und ihr sein Sperma zu kosten gab. Als Rosa auch seine empfindliche Stelle leckte, war es um Tellmann geschehen. Mit einem unmenschlichen Schrei entlud er sich in Rosas Mund, und Rosa leckte wie ein kleines

Lämmchen noch den letzten Rest Sperma mit ihren Lippen ab. Aus Dankbarkeit fing sie sich zwei schallende Ohrfeigen ein, sie betrachtete es als Geschenk.

»Du Teufelsweib!«, rief er aus, »du bist Hure, Geliebte und Sklavin zugleich – womit habe ich dich verdient, Rosa! Los auf die Knie mit dir!«

Rosa tat wie geheißen, und er versetzte ihr einen Tritt in den Arsch, dafür, dass sie alles gegeben hatte, dafür dass sie sein Sperma geschluckt hatte, dafür, dass sie ihrem Herrn diente, bis zur Selbstaufgabe – in diesem Moment hätte sie ihn umbringen können.

Doch Tellmann lachte nur sein widerliches Lachen und küsste sie alsbald, als wäre nichts geschehen. Das Mädchen war eine wahre Könnerin ihres Fachs, so willfährig, dass sie den Arschtritt, der ihr offenbaren wollte, dass sie trotz allem weiterhin seine Sklavin blieb, ohne Murren einsteckte.

Die Tränen, die sie des Abends heimlich vergoss, gingen ihn nichts an. Warum auch? Sie war hier, um dass er sich ihrer bediente, zu welcher Tageszeit auch immer, zu mehr benötigte er sie nicht. Sklavin, Hure, Leibeigene …

In der letzten Zeit war es Rosa vielmals übel. Sie hatte das Gefühl, ihre Brust würde spannen – sicherlich würde sie ihre Menstruation bekommen, noch so etwas, wovon der Herzog sicherlich keine Ahnung hatte, und auch keine Rücksicht darauf nehmen würde.

Doch in diesem Punkt täuschte sich Rosa gewaltig – hielt man Sklavinnen, so jedenfalls die Meinung des Herzogs, musste man sich auch mit den Unpässlichen der Frauen auseinander setzen. Und da Gertrude ihm das eine oder andere zugetragen hatte, wusste er genau, als Rosa rumdruckste, was Sache war.

Er ließ kurzerhand Rebecca zu sich führen und verlustierte sich die paar Tage mit ihr. Sie hatte eine enge Grotte und es war wieder einmal schön, in diese hineinzustoßen. Rebecca war ebenfalls nicht zimperlich, was den Rohrstock anbetraf, und so hatte Rosa etwas Zeit zum Verschnaufen, und Rebecca die ebenfalls Geschmack an einer Auspeitschung gefunden hatte, stand still da und genoss die Peitschenhiebe. Schweiß trat aus all ihren Poren heraus, doch sie hatte nicht den Willen, diese Tortur zu unterbrechen, bevor der Herzog diese abbrach.

Kapitel sieben

Im Jahre des Herrn
anno 1513

Zwei Jahre war es nun her, dass Rosa Tellmann von Lengenfeldt zu Diensten war. Sie trug mittlerweile ein rotes Hurenbändchen, obwohl sie eigentlich Tellmanns Eigentum war – doch er wünschte es so, und was der Meister wünschte, war mittlerweile auch ihr Wunsch.
Tellmann von Lengenfeldt war nun bereits in seinem dreiundvierzigsten Lebensjahr angekommen, doch weder war er dadurch leiser noch lustloser geworden – im Gegenteil! Er hatte Rosa nach seinem Willen geformt, Rosa seine willfährige Geliebte hatte ihm fast jeden Wunsch von den Augen abgelesen. Er hatte es ihr gedankt, indem er ihr Schmuck, wunderschöne

Kleider und Hauben sowie ein halbwegs erträgliches Leben schenkte.

Das Brandmal, welches sie vor einigen Jahren erhalten hatte, war sein Pfand dafür, dass Rosa immer noch ihm gehörte, der Ring in ihrer Labie eine weitere Trophäe.

Rosa die zwischenzeitlich fast nur noch flüsterte, meinte: »Braucht der Herr mich heute noch zur Züchtigung, oder erlaubt er mir kurz zu Gertrudes Begräbnis nach Praun zu gehen?«

Diese war nach langem Leiden erlöst worden, man munkelte, sie hätte es sich nie verzeihen können, den Herzog auf Rosa aufmerksam gemacht zu haben. Dies stimmte zwar zum Teil – doch Gertrude war der vielen Schmerzensschreie überdrüssig geworden. In ihren letzten Lebensmonaten hatte auch ihre Küche ihr keinen Trost mehr spenden können und so war sie letztendlich an einer Überdosis Laudanum dahingeschieden, die sie sich von dem Kerkermeister besorgen ließ, den sie noch aus ihren eigenen Zeiten als Leibeigene her kannte. Nun sollte die Gute heute beigesetzt werden, und eine ganze Prozession zog sich von der Burg hinunter nach Praun, wo sie ihre letzte Ruhestätte finden würde.

»Geh nur!«, erwiderte der Herzog, »gib ihr das letzte Geleit, das ist das Mindeste was wir ihr für die vielen Jahre der Treue geben können.« Und der Herzog dachte zurück an seine Zeit mit Gertrude, die sich ebenso wie Rosa allen Lustbarkeiten unterwarf, und noch Jahre später dem Herzog treu und aufrichtig diente.

Tief atmete er durch. Wieder hatte ihn jemand verlassen, der ihm lieb und teuer gewesen war.

Rosa stand an Gertrudes Grab und vergoss bittere Tränen des Abschieds als die

Friedhofsgehilfen das Grab zuschütteten. Nur noch Henrie war am Grab stehen geblieben und hielt stille Fürbitte für die Köchin. Ritter Henrie hatte Rosa in seine Arme genommen und versucht sie zu trösten.

»Ich weiß, dass Gertrude wie eine Mutter für dich war. Gertrude wird niemand ersetzen können, Rosa nie und nimmer!«, sagte er zu ihr und diese nickte zustimmend.

»Ja, es wird schwer werden, Ersatz für die Gute zu finden, doch wir sollten sie nun schlafen lassen. Keine andere hat sich diesen langen Schlaf so sehr verdient wie sie.« Und damit verließen die beiden den Friedhof.

»Sag mal, Rosa, du hast dich unglaublich verändert?«, sagte Henrie zu ihr, »der Herzog behandelt dich doch gut?«

»Ja, warum sollte er nicht?«, fragte sie erstaunt.

»Wie lange willst du denn dann noch deinen Bauch vor ihm verbergen, Rosa? Du bekommst doch ein Kind von diesem Unhold. Im wievielten Monat bist du denn schon?«

Erst war Rosa entsetzt darüber, dass man es so deutlich sehen konnte, dass sie schwanger war, dann war sie erleichtert darüber, sich endlich jemandem anvertrauen zu können. Da Rosa weder rechnen noch schreiben konnte, zuckte sie mit den Schultern.

»Ich weiß es nicht, will es auch gar nicht wissen. Wenn dieser Bastard es wüsste, dürfte ich keinen Schritt mehr ohne ihn machen. Sei bloß still Henrie, er muss das nicht erfahren.«

»Rosa, selbst dieser Mann ist nicht blind, irgendwann …!«

»Ja, genau, irgendwann …«, meinte Rosa. »Nicht heute und nicht morgen … und dann hoffe ich, die Burg verlassen zu haben. Ich werde mir einen anderen Herrn suchen. Zu oft habe ich die Peitsche zu spüren bekommen, und seitdem ich das Kind unter meinem Herzen trage, ist es mir manchmal nicht mehr erträglich. Ich bin sein Eigentum, es ist rechtens was er tut, Henrie!«

»Schweig, Rosa!«, sagte Henrie zu ihr. »Ich will nichts mehr hören … und Rosa begab sich schnellstens in die Gemächer des Herzogs, der sich sogar herabließ zu fragen, ob Gertrude standesgemäß beerdigt worden war. Nicht, dass es ihn wirklich interessierte, es war mehr eine Floskel, nicht mehr und nicht weniger.

»Du wirst dir eine neue Köchin suchen müssen«, meinte Rosa, »und das möglichst rasch, die Magd ist völlig überfordert in der Küche und die Knechtschaft mault über den Fraß, welcher ihnen angeboten wird, seitdem Gertrude nicht mehr ist.«

»Nun, dann geh doch hinunter zu Meister Matthias und bitte ihn, die Dinge in die Hand zu nehmen. In Praun wird sich doch irgendjemand finden lassen, der die gleichen Kochkünste aufweist wie unsere Gertrude. Außerdem muss der Weinkeller dringend aufgefüllt werden – ich habe wohl wegen dir, meine geliebte Rosa – die Zügel etwas schleifen lassen, wie?«

»Es ist ja auch nicht deine Aufgabe, Herr«, sagte sie und kniete vor ihm nieder um ihre Unterwürfigkeit zu bestätigen. Ich werde zu Meister Matthias gehen und es ihm sagen. Noch irgendwelche anderen Wünsche?«

»Bring mir einen Schlauch Wein mit, Liebes – das Essen ist wirklich mehr ein Fraß, denn alles andere, ich werde nur ein bisschen frisches Fleisch zu mir nehmen, wobei er sie anzüglich anlächelte.

»Sehr wohl!« Rosa rutschte bis zur Tür mit dem Gesicht nach unten und erst dann erhob sie sich. Der Herzog war entzückt über das, da er meinte, durch seine Züchtigungen dies erreicht zu haben. Rosa warf sich regelrecht zu seinen Füßen, sie erledigte für ihn lästige Botengänge, sie schlief mit ihm wenn es ihm danach gelüstete, und sie ließ sich ohne mit der Wimper zu zucken den Arsch versohlen, wenn es ihm danach war, auch mitten in der Nacht. Mit Rosa hatte er die beste Sklavin, die er je herangezogen hatte.

So willfährig, dabei zart und immer noch bildhübsch, obwohl nun bereits in ihrem zwanzigsten Jahr. Er hatte die Absicht sie alsbald zu fragen, ob sie nicht die Mutter seines Kindes werden wolle – würde er noch länger warten, wäre er als Vater ungeeignet und seine Libido würde vielleicht auch nicht mehr allzu lange das bringen wie noch vor Jahren. Also galt es jetzt den Nachfolger zu stellen, den die Kirche und deren Kirchenfürsten von ihm als Herzog von Lengenfeldt verlangten. Das hatten die Herren ihm unmissverständlich zu verstehen gegeben – trotz seines immer fließenden Geldes. Herzog von Lengenfeldt brauchte auf Gedeih und Verderb einen Erben!

Rosa indes, die immer mehr Freiheiten genoss, je mehr sie sich dem Willen des Herzogs unterwarf, musste sich insgeheim eingestehen, dass die Mutterschaft ihr eigentlich gut bekam. Sie lächelte viel, sie frohlockte und ganz selten kam es vor, dass sie Kopfschmerzen oder Migräne vortäuschte, wenn der Herzog sie zur Züchtigung rief. Nein, in den zwei Jahren hatte sie gelernt, sogar Lust bei den Auspeitschungen zu empfinden, doch nicht mit einem Kind unter ihrem Herzen.

Sie hatte nicht mehr viel Zeit aus den Fängen des Herzogs zu verschwinden, denn nicht genug, dass sie seinen Balg austrug – sie konnte es einfach nicht mehr länger vor ihm verbergen. Außerdem redete er in letzter Zeit viel darüber, mit ihr ein Kind zu zeugen.

»Das hat sich in der Form bereits erledigt, mein lieber Herzog«, sagte sie zu sich um den Weinschlauch für Tellmann zu besorgen. Anschließend begab sie sich auf dem schnellsten Wege zu Ritter Henrie, der gerade dabei war, sein Pferd Lotte zu striegeln.

»Rosa, zu dieser Stunde?«, sagte dieser, »was verschafft mir denn das Vergnügen.«

»Hör gut zu, was ich dir jetzt erzähle, Henrie … ich weiß nicht, wann wir das nächste Mal Gelegenheit haben miteinander zu reden.«

»Sehr wohl«, meinte dieser und merkte sofort, dass es ernst um Rosa stand.

»Du musst mich von hier fortbringen. Ich komme bald nieder mit dem Kind und ich bin nicht bereit, diesem Bastard seinen Sohn zu überlassen. Ich glaube nicht daran, dass er mich das Kind großziehen lässt, verstehst du?«

»Aber wo willst du denn hin?«

»Auf eine Hallig, das ist, war meine Heimat ... bis das meine Eltern ums Leben gekommen sind.«

»Langeness? Nie gehört?« Henrie runzelte die Stirn.

»Es ist eine Insel, vielmehr eine Hallig in der Nordsee – aber vergiss das ganz schnell. Wirst du es schaffen, mich von hier fortzubringen?«

»Was bekomme ich dafür?«, fragte dieser, und grinste schon wieder verwegen.

»Mehr als einen Kuss kann ich dir nicht geben, doch dieser kommt aus tiefstem Herzen.«

»Schon gut, Rosa!« Ich versuche einmal herauszufinden, wann die beste Gelegenheit zur Flucht ist – in der nächsten Zeit sind einige Empfänge auf der Burg. Das weiß ich zufällig von dem Magister. Halte dich einfach so gut es geht bereit.«

»Henrie, bitte?« flehte sie diesen an. »Selbst die Mägde schauen mich schon scheel von der Seite an, als würden sie genau wissen, was Sache ist. Gnade mir Gott, wenn eine dem Herzog irgendetwas zuträgt.«

»Ich werde tun, was ich kann, das verspreche ich dir.«

Rosa spie daraufhin angeekelt auf den Boden. »Es ist die einzig gerechte Heimzahlung, die ihm widerfahren kann, ihm sein Kind zu nehmen.«

Als Rosa wieder in die Gemächer des Herzogs kam, empfing sie dieser bereits mit seinem ganz persönlichen Lieblingsspielzeug. Es handelte sich dabei um einen Eisenring, welchen er Rosa um den Hals legte, und einer langen eisernen Kette, welche er ihr um die Brust schnürte, um die Taille und schließlich an den Händen auslaufen ließ. Er entblößte dazu ihre Brüste und ihre Taille »Dir geht es wohl allzu gut bei mir«, als er Bereich um die Taille einschloss »Die nächsten Wochen wirst du nur noch Wasser trinken und Brot erhalten« und kniff ihr dabei seitlich an ihrer Taille entlang, ohne etwas zu ahnen. Dann machte er weiter, nur ihren Schoß entblößte er nicht, dort ließ er ihr den Rock, welchen sie trug.

Sie sah atemberaubend aus, er weidete sich an ihr, sie, die eigentlich solche Demut nie an den Tag legen wollte – saß wie immer still und ruhig vor ihm, ließ sich noch eine Augenmaske umlegen und horchte den Erzählungen des

Herzogs. Er erzählte ihr von seinem Wald, von seinen Feldern und von seinem Traum, ein eigenes Kind zu zeugen.

Mit quälender Hartnäckigkeit erschien vor Rosa ein Bild, das ihr noch immer Schwindel und Ekel verursachte. Das Bild als sie vor Jahren zum Herzog gekommen war, und er sie so brutal misshandelt hatte. Sie hatte alles getan, damit der Herzog ihr wohlgesonnen war, und es war ihr letztendlich ja auch gelungen – nur seinen Bastard, den würde sie allein austragen, diesen Triumph gönnte sie ihm nicht.

Sie erinnerte sich an ein karges Stück Eigenbesitz, ihren ›Käfig‹, den sie nur verlassen durfte, wenn der Herzog es duldete. Sie erinnerte sich auch an die bewundernden Blicke als sie sich das erste Mal vor ihm entkleidete. Erinnern tat sie sich aber auch an eine Szene, als sie über einer Stuhllehne hängend, den ersten Arschtritt ihres Lebens ›genießen‹ durfte.

Der Herzog hatte sie zuvor viele Tage mit einer Birne gegeißelt, die er immer weiter auseinanderschraubte, sodass der Anus geweitet wurde. Natürlich war sie eng gebaut gewesen – kein Mann war vor dem Herzog in sie eingedrungen, weder rektal noch anal. Doch Tellmann von Lengenfeldt hatte Mittel und Wege gefunden, wie man auch diese Hürde überbrücken konnte.

Nach zwei Tagen Leid sollte sie neue Wonnen erdulden, und Rosa erduldete sie kommentarlos und ohne Gefühl. Sie betete darum, dass der Herzog sich schnell in dieser dunklen Gasse ergoss, welches sich After nannte.

Vieles blieb ihr allerdings auch erspart – weder wurden ihr jemals Fuß- oder Fingernägel herausgerissen, was nicht jeder Sklavin vergönnt war, auch das Riemenschneiden war ihr erspart geblieben, nur die Brustkralle, die hatte auch sie ertragen müssen.

Doch, bei Gott, sie hatte all dies überstanden und nun war sie schwanger, trug den Bankert dieses Ungeheuers unter ihrem Herzen. Als es damals machbar gewesen wäre, das Kind wegmachen zu lassen, hatte sie gezögert, und heute war sie froh darüber, dass sie diesen Schritt nie getan hatte. Das Ungeborene trug auch ihr Blut in sich, sie hörte jeden Tag seinen starken Herzschlag, spürte seine Tritte und lächelte leicht, als sie merkte, wie langsam die Milch in ihre Brüste schoss. Was konnte das Kind dafür, dass es so einen Vater hatte.

Nun also saß sie zu des Herzogs Füßen und hatte sich so sehr in ihre Gedankengänge verstrickt, dass sie gar nicht bemerkt hatte, wie schnell die

Zeit verflogen war. Tellmann von Lengenfeldt zerrte an ihrer Kette, und sagte zu ihr: »Willst du ewig auf dem kalten Boden hocken, erhebe dich und wende dich meinem Glied zu, ich möchte mein Sperma loswerden.«

Rosa, die genau das tat, was er von ihr wollte, drehte sich um und ließ das Tier im Manne frei. Sie machte sich ans Werk, saugte kräftig an dem Penis des Herzogs, dann wieder drehte sie seine Hoden in ihren Händen – das Spiel der Liebe war perfekt. Er ergoss sich relativ schnell in Rosas Mund und sie nahm alles auf, was er ihr zu geben hatte. Mittlerweile liebte sie diesen Geschmack, zu viel hatte sie davon aufnehmen müssen.

Andere Körperflüssigkeiten verursachten ihr da schon mehr Ekel. Vor langer Zeit hatte sie der Herzog dazu gezwungen seinen Urin zu trinken, da hatte sie sich hinterher geschüttelt.

Diese Sucht nach Schmerz, nach Kontrolle – all das hatte sich nach den Jahren des Kennenlernens in gängige Praxis verwandelt, und so war auch Rosa nicht mehr frei von der Sucht nach Schmerz.

Tellmann von Lengenfeldt ließ sie noch ein wenig in ihren Ketten schmoren, er ahnte ja nicht, wie sehr sie dies genoss, wie sie es genoss ausgepeitscht zu werden, nur die diversen Zangen, den spanischen Kitzler, dies alles mochte sie nicht so gern, doch sie hätte sich nie erlaubt, dagegen aufzubegehren.

»Sag, Rosa hast du alles erledigen können, was ich dir aufgetragen habe?«, fragte Tellmann von Lengenfeldt.

»Ja, ich denke, ich habe alles zur Zufriedenheit erledigen können«, meinte diese und kuschelte sich noch enger an ihren ehemaligen Peiniger an.

Es sollten die letzten Sätze sein, die die beiden miteinander sprachen, denn Henrie gab Bescheid, dass in zwei Tagen eine Audienz stattfand, dann würde es passen. Sie möge sich solange etwas zurückziehen, damit er Rosa aus des Herzogs Gemächern herausholen könne.

Rosa simulierte eine leichte Grippe die dem Herzog ganz zupass kam, da er sich auf die Audienz vorbereiten musste. Er ordnete an, Rosa in seine Gemächer zu bringen und sie schlafen zu lassen, auch für frische Luft sollte gesorgt werden. Die Kammerzofe, die für Rosas Wohlergehen auserwählt wurde, war niemand anderes als Henries Frau Madeleine. Der Herzog sollte dies nie erfahren.

Die Tage verstrichen so langsam, dass es für Rosa eine Erlösung darstellte, als Madeleine ihr endlich grünes Licht zur Flucht gab.

Henrie würde unten im Hof auf sie warten, leider müssten sie erst zu Pferde nach Praun reiten, unten würde eine Kutsche auf sie warten, und von dort würden die beiden die lange Reise nach Langeness antreten.

»Ich hoffe, das Kind verträgt den Ritt bis nach Praun hinunter?«, meinte Madeleine mit großer Sorge. Doch es war genug des Wenns und des Abers – es wurde Zeit für Rosa. Und alles ging so vonstatten, wie es sich Rosa vorgestellt hatte. Sie unternahm einen kleinen Spaziergang im Hof, wo sie von Henrie abgefangen wurde, der sie bis zum Abend im Stall versteckt hielt. Niemand vermisste sie.

Des Abends machten sich die beiden auf den Weg, vorsichtig, damit niemand sie davonreiten sah, nur Madeleine wünschte den beiden Flüchtenden alles erdenklich Gute und küsste Henrie zum Abschied innig.

Unten in Praun wartete bereits die Kutsche auf sie, die sie an die Nordsee bringen sollte. Viele Tage und Nächte waren sie unterwegs. Rosa hielt durch und Henrie machte nicht sehr viele Pausen, damit Rosa das Kind auf der Hallig zur Welt bringen konnte, und nicht hier in der beengten Kutsche.

Sie waren gefühlt eine gute Woche unterwegs, als Rosa die vertraute Landschaft wieder sah und ihr Tränen der Rührung in die Augen schossen. Der Kahn, welcher sie übersetzen sollte, lag schon bereit – bis ins kleinste Detail hatte Henrie diese Flucht geplant.
Und sie dankte es ihm, wie sie es ihm versprochen hatte. Sie gab ihm einen langen Kuss, denn Henrie würde nicht mit auf die Insel kommen, in dem kleinen Kahn hatten nur zwei Menschen und ihre Habe Platz. Madeleine hatte

hastig ein wenig für das zu erwartende Kind eingepackt – Rosa musste sich dem behelfen, was sie am Leibe trug.

Langeness. Endlich daheim.

Rosa hatte nur wenige Wochen Verschnaufpause als die Kinderfrau gerufen wurde und Rosa mit einem prachtvollen Jungen niederkam. Dessen Stimme war so laut, dass alle Halligbewohner der Meinung waren, er würde einen guten Ausrufer auf den Walfangschiffen abgeben.

Doch Rosa hatte Angst um den kleinen Jungen, den sie Egbert taufte.

»Egbert von Lengenfeldt«, sagte sie ernst zu dem Neugeborenen, »ich möchte doch schwer hoffen, dass du nicht so wirst wie dein Vater, sondern ein gütiger, weiser Herzog der über seine Untertanen herrscht. »Möge dich dein Vater nie finden. Gott beschütze dich bis in alle Ewigkeit, mein Sohn.«

Ein ausgiebiges Schmatzen war die Antwort.

Ende.

Abschluss

Wenn Dir diese Geschichte gefallen hat, empfehlen wir dir den Nachfolge-Roman „Rosa - wie ein Licht in dunkler Zeit". Der Herzog treibt weiterhin sein Unwesen auf Burg Lengenfeldt. Jetzt, nachdem seine Rosa vor ihm geflohen ist, brechen endgültig alle Bände und der Herzog wird zu einem wahrhaften Monster. Jeder der ihm in den Weg kommt wird es bitter bereuen. Auch wer Rosa bei ihrer Flucht geholfen hat, hat das Schlimmste befürchten…Niemand kann den Herzog stoppen. Fast niemand!

Impressum

DiKay

c/o BJ-Autorenservice

Gildehauser Weg 140a

48529 Nordhorn

Email: dikaybooks@gmail.com

Copyright © 2016 DiKay

Bildmaterial: fotolia.de I Datei: #29053644 I Urheber: Uwe Grötzner

Alle Rechte vorbehalten.
Das Werk ist urheberrechtlich geschützt und jede Verwertung ist ohne Zustimmung des Autors unzulässig.
Dies gilt insbesondere für die elektronische oder sonstige Vervielfältigung, Übersetzungen und öffentliche Zugänglichmachung.

Herstellung und Verlag:
BoD - Boooks on Demand, Norderstedt
ISBN 978-3-7412-9234-7